다듬이소리

다듬이소리

초판 1쇄 인쇄 2023년 6월 13일
초판 1쇄 발행 2023년 6월 15일

저   자 한보영
발행인 박지연
발행처 도서출판 도화
등   록 2013년 11월 19일 제2013 - 000124호
주   소 서울시 송파구 중대로34길 9-3
전   화 02) 3012 - 1030
팩   스 02) 3012 - 1031
전자우편 dohwa1030@daum.net
인   쇄 유진보라

ISBN ∣ 979-11-92828-15-2*03810
정가 13,000원

도화道化, fool는
고정적인 질서에 대한 익살맞은 비판자,
고정화된 사고의 틀을 해체한다는 뜻입니다.

다듬이소리

한보영 소설집

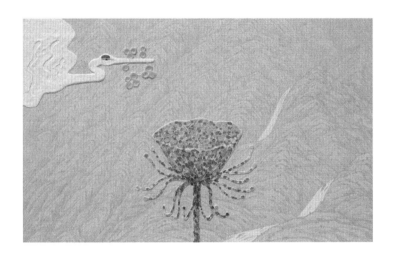

도화

목 차

다듬이소리

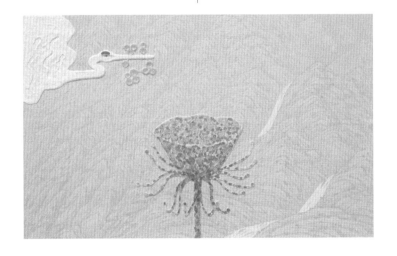

섬뜩했다.

그날 밤도 자정이 가까워오자 삼촌이란 사람은 잠자리에서 벌떡 일어나 헛소리를 씨부렁대기 시작했다. 울다가 웃는가 하면, 천정을 향에 주술 같은 것을 뇌까리더니 종내는 뭐라고? 각시바위에서 기다린다고? 그래, 거기서 꼼작 말고 기다리란 말여, 냉큼 달려갈 모양이니께, 알았지, 송자야? 말을 마치기 무섭게 삼촌은 후닥닥 외출복으로 갈아입고 바람처럼 방에서 휘익, 나가버렸다.

"이 밤중에 어딜 가, 삼촌?"

가뜩이나 미심쩍은 눈으로 심상찮은 행동을 지켜보던 나는 소스라쳐 놀라 쏜살처럼 삼촌의 뒤를 따랐다. 귀신에 홀려도 단단히 홀린 삼촌의 뒤를. 그리고 휘익, 방을 나가기 전 삼촌과 오간 말들이 떠올랐다.

"송자가 날 가다린다지 아녀."

"송자? 송자가 누군디?"

"안 죽었음 니 숙모 될 여자지 누구여."

"그럼, 죽은 여자를 만나러 간단 말이여?"

나는 또 한 번 소스라쳐 꽥 소리를 질렀다.

"안 돼, 삼촌!"

나는 방에서 나가려는 삼촌 앞을 가로막았다.

하지만 삼촌은 막무가내였다. 힘이 보통 세지 않았다. 어디서 그런 힘이 솟는 걸까. 가로막은 나를 혹 밀치곤 바람처럼 캄캄한 어둠을 뚫고 내달았다. 각시바위가 있는 냇가 쪽으로.

나도 곧 삼촌 뒤를 좇았다. 귀신을 만나러 간다는 삼촌을 내버려둘 순 없었다. 솔직히 호기심도 일었다. 하지만 죽은 송자라는 여자를 만나는 건 말려야 한다고 생각했다.

삼촌의 발걸음은 여간 빠르지 않았다. 걷는 게 아니라 바람처럼 휙휙 날았다. 눈 깜작 새 삼촌은 시야에서 사라졌다.

헐레벌떡 요천蓼川에 당도 하니 각시바위 위에 웬 희끄무레한 물체 하나가 오뚝 드러난다. 보나마나 삼촌일 거라 직감했다. 어둠 속에서 삼촌은 누군가와 말을 주고받았다. 아주 다정하게. 조금 전 미친 듯 집에서 나간 것과는 전혀 딴판이었다. 대번에 나는 삼촌이 송자인가 뭔가 하는 귀신과 얘기를 나누고 있다고 생각했다. 섬뜩, 뒷덜미가 송연해졌다.

얼마나 됐을까. 삼촌은 내가 서있는 언덕으로 올라왔다. 나를 보자 "어, 니가?" 웬일로 여기 와있느냐는 말투다. 집에서 뛰쳐나갔을 때의 그 다급한 얼굴빛은 어느새 싹 가셨고, 어딘가 날아갈 듯싶은 삼촌의 마음이 어둠 속에 번득이었다.

"송잔지 뭔지 하는 그 귀신을 만난 거야, 삼촌. 기분이 훨훨 날 듯싶네!"

"그래, 십년 묵은 체증이 확 뚫어번졌어, 야~ 하, 고게 아직도 이쁜 게…."

칵 깨물어주고 싶었어, 야. 삼촌은 분명 그리 말하고 싶었겠지만, 조카 앞이란 걸 뒤늦게 깨닫고 꿀꺽, 뒷말을 삼켜버린 게 분명하다.

내가 고2년 때인지 겪었던 일이었다.

각시바위라면 남원南原, 꿈엔들 잊을 수 없는 고향 요천蓼川에 얽힌 추억의 바위다. 여뀌꽃蓼花이 아름답게 피는 시내란 뜻에서 이름 붙여진 요천은 임진강의 한 지류로 진안鎭安 백운산白雲山에서 발원, 고전이 살아 숨 쉬는 풍류의 고장 춘향고을을 거쳐 곡성谷城의 섬진강 모천과 합쳐진다. 하늘에서 내려다보면 마치 은하

수를 닮았다 해서 미리내라고도 불렀다.

미래내는 알다시피 은하수의 순 우리말. 미리내 또는 미르내라 하는데 '미리' 또는 '미르'는 용龍을 이르는 말로 요천은 곧 '용의 내천'이란 뜻일 듯. 그 옛날 남원이 마한馬韓의 땅일 때는 달궁, 백제 때는 고룡古龍·용성龍城이라 불렀던 게 우연이 아님을 알 수 있다.

각시바위는 물살이 센 편이었다. 바위사이를 휘몰아치는 물살이 얼마나 드센지 자칫, 눈 깜작할 새 사람이 시체로 떠오르는 사고가 일어났다. 귀신바위라는 별칭도 시집온 지 얼마 안 된 새색시가 빨래를 하다 실족, 센 물살에 목숨을 잃은 데서 비롯됐다는 설화도 있다.

아무리 물살이 억세기로 물에 빠져 죽는다는 게 당시 우리 또래 사내애들에겐 그토록 실감되지 않았다. 한 여름, 뙤약볕에 흠뻑 땀으로 젖은 몸을 센 물결에 내던지는 모험을 즐겼다. 또래들이 모이기만 하면 누구랄 것 없도 없었다. 멱감으러가자, 쏜살같이 내달려 간 데가 바로 각시바위였다.

그때의 기억으로 각시바위가 특히 우리 조무래기들의 모험심을 자극한 까닭은 바로 그 센 물살이다. 물살뿐이랴. 그 센 물살에 휘감기는 소용돌이가 더욱 우리를 유혹했다. 자칫 방심하면 꼴깍 물을 마실 수 있을뿐더러, 한순간 정신을 잃을 위험도 도사리고 있기 때문이다. 불상사가 일어날 수 있는 이유이지만, 조무래기들은 오히려 그 위험성을 즐기려들었다.

각시바위가 그나마 센 물줄기를 흘려보낼 수 있었던 건 바로 그 위의 물을 가둬둔 둑의 영향이었다. 광한루원의 호수로 물을 흘려보내는 수로가 각시바위 위쪽에 있었다. 수로를 위해 둑을 쌓아 가둬둔 물이 둑 아래 각시바위로 내려 쏟을 때 그 물줄기는 가히 폭포를 방불케 할 정도였다. 한꺼번에 쏟아지는 물줄기는 각시바위의 경사와 부딪혀 소용돌이를 일으켰고, 바로 그 소용돌이가 우리또래들의 모험심을 불러일으킨 것이다.

온갖 물귀신설화가 무성한 각시바위에서 삼촌이 귀신을 만난 광경을 목도하다니, 그것도 다른 사람이 아닌 삼촌의 연인이라니 이 어찌 귀신이 곡할 노릇이 아닌가.

아니다. 귀신이 곡할 노릇이랄 것까지 있을까. 이미 내 나이 열 살 전후해서 지리산 심심유곡에서 귀신의 오묘함을 경험했기 때문이다.

그랬다. 어렸을 때 나는 귀신의 존재를 보았다. 어렸을 적 겪은 일이기 때문인지 모른다. 오싹 몸서리 쳐지는 그 무서움과 함께 신비스러움에 대한 상념에서 좀처럼 벗어날 수 없었다. 세상을 움직이는 건 어쩌면 눈에 보이지 않은 그 어떤 오묘한 존재일 거라는 막연한 생각이 알게 모르게 나를 지배해온 셈이랄까. 과학 같은 그 어떤 것으로도 풀 수 없는 불가사의不可思議한 수수께끼가 세상 어디에도 널려있다는 것을, 철이 들면서 더욱 마음 한구석에서 꿈틀대고 있었다.

그러니까 내가 처음 귀신의 존재를 본 것은 열 살 때쯤이었다.

우리는 남원읍에서 살았다. 내 나이 아홉 살 때였던 것 같았다. 아버지는 어느 날, 갑작스레 우리 식구들에게 짐을 꾸리라는 명을 내렸다. 피난을 가야한다지 않은가. 맑은 하늘에 이 무슨 날벼락이냐고 식구들이 온통 아우성이었지만, 아버지는 막무가내였다.

아버지의 고집을 꺾을 수 있는 사람은 식구 중 아무도 없었다. 귀염둥이 막내인 내가 그나마 떼를 쓰면 슬그머니 아버지의 고집을 누그러뜨릴 수 있었을까. 하지만 이번만은 달랐다. 너무 강경했기 때문이다. 그래야 우리식구 모두가 살 수 있다며 아버지는 한 발짝도 고집을 꺾으려들지 않았다.

어쩔 수 없이 우리는 살던 정든 읍내생활을 접고 지리산 깊은 골짜기로, 소개疏開라는 이름으로 하루아침에 지리산 골짜기에 내던져졌다. 곧 '난리가 난다'는 지리산 산신령의 점괘에 아버지가 홀러덩 넘어가버린 때문이다.

우리 아버지는 보통 강한 분이 아니시다. 힘도 장사였고. 노가다로 잔뼈가 굵었으니 주변에 아버지의 그 완강한 힘을 꺾을 자가 섣불리 나서지 않을 만큼.

힘뿐이랴. 고집 또한 남달랐다. 한번 '아니다'하면 돌아설 줄을 몰랐다. 반대로 귀가 얇았다. 뻔히 속이 들여다보이는 거짓말이라도 한번 그 사람을 믿으면 누구의 말도 듣지 않았다.

곧 난리가 난다는 것만 해도 그렇다. 어느 날, 주막에서 술을 마시던 아버지는 옆자리에서 하던 심상찮은 얘기가 귀에 솔깃했다. '곧 세상이 뒤집힌다'는 그 말에. 그 말을 듣는 순간 아버지는 뭘 생각했을까? 남달리 가족애가 두터운 아버지는 먼저 식구들의 안위를 떠올렸던 건 아닐까. 성미 급한 아버지는 술을 마시다 말고 그 말을 꺼낸 옆자리의 사람과 통성명을 나누고, 끝내는 그 말을 발설했다는 지리산 산신령을 모신다는 무당까지 찾아 나서기에 이른다. 그리고 그 무당으로부터 사실을 확인한 아버지는 망설이지 않고 식솔들을 지리산 골짜기로 밀어 넣은 것이다.

우리가 자리 잡은 지리산 골짜기는 마을 주천리周川里에서 시오리쯤 떨어져 있다. 연꽃이 활짝 펴 있는 모양이래서 연화체형蓮花形의 형국인 마을 뒤쪽 야트막한 산을 지나면 온통 산에 휩싸인 골짜기가 나온다. 바로 우리가 이사 온 골짜기이다.

엄마와 두 누나, 형과 내가 손을 꼭 붙들고 처음 그 낯선 마을 주천리를 찾았을 때가 생각난다. 남원읍내서 주촌면朱村面을 거쳐 조그만 고개 하나를 넘으면 눈앞에 확 펼쳐지는 밭이 나온다. 밭 너머 주천마을에 우리가 당도한 건 어느새 해가 뉘엿뉘엿 서녘에 지고 있을 때였다.

우리는 먼 친척뻘 된다는 집에 들어갔고, 거기서 저녁밥도 대접받았다. 읍내에서 온 귀한 손님이래서 밥상도 정성을 다해 차린 듯했다. 무엇보다 밥상에 놓인 숟갈 젓가락, 밥그릇 등 놋쇠식기들이 그것을 말해줬다.

하지만 그것보다 어린 내가 더욱 잊을 수 없는 건 그 놋쇠밥그릇에 담긴 밥이다. 그릇 수북이 고봉으로 담은 밥그릇에 잡곡이 섞여있는 건 그렇다 치자. 밥 몇 술 뜨자 숟갈에 걸리는 게 있었고, 그 감자를 건져내고 보니 정작 그릇에 남은 밥은 밥그릇 바닥에 겨우 몇 술 남은, 참 희한한 밥상이었다는 것. 밥 속에 있던 감자도 온전한 게 아니고 여기저기 상처투성이였는데 나중에 안 일이지만 밥 속의 상처뿐인 감자는 다음 봄에 심어야할 씨눈을 떼어낸 감자였다든가 그랬다.

농촌경험이 전혀 없는 어린 내가, 그것을 이해하는 데는 상당한 시간이 걸렸다. 누나들로부터 농촌의 어려움, 어려운 농촌에서 이밥을 먹기가 그처럼 하늘의 별따기라는 것을 듣고서 가까스로 눈치 챈 것이다.

마을 친척집에서 하룻밤을 지낸 우리는 이튿날부터 고리봉이 멀리 올려다 보이는 골짜기에서 새로운 삶을 시작했다. 마을에서 멀찌감치 떨어진 산골짜기는 해가 늦게 뜨고 일찍 졌다. 사방을 돌아봐도 오직 산뿐인 골짜기는 으스스하고 무서웠다. 대낮인데도 혼자 선뜻 바깥에 나가기가 꺼릴 만큼. 아홉 살밖에 안 된 나는 어쩔 수 없이 네 살 터울의 형 뒤만 강아지처럼 졸졸 따라다니는 겁 많은 소년이 되어버렸다.

그렇게 산골짜기에서 무료한 1년을 보낸 1945년 8월 15일, 신령의 점괘대로 난리가 나긴 났다. 그 지독한 일제日帝가 패망하고 해방을 맞이하게 된 것이다.

일제가 망하기 전날 밤, 이 산골짜기에는 태풍에 견줄 거센 바람이 휘몰아쳤다. 우리는 그 바람을 해방바람이라 불렀다. 얼마나 바람이 드센지 골짜기에서 마을 쪽으로 내려가다 우뚝 서있던, 몇 백 년 묵은 고목古木이 맥없이 쓰러지고 말았다.

건축업에 종사해온 아버지는 그 쓰러진 고목을 그냥 보고 지나치지 않았다. 뭔가 만들고 싶은 것을 눈치챈 어머니가 지나가는 말처럼 한 마디 던졌다.

"그 고목을 잘라 다듬이나 만들어 주면 얼마나 좋을까."

급히 이사를 오는 바람에 미처 챙겨 오지 못한 다듬이가 어머니는 못내 아쉬웠던 모양이었다.

"다듬이?"

아버지는 망설이지 않았다.

아버지는 연장을 챙겨 쓰러진 고목 곁에 가서 여기저기를 찬찬히 살폈다. 그리고 다듬이를 만들 수 있는 나무줄기에 눈도장을 찍고 가져간 톱으로 그 나무줄기를 잘라냈다.

하지만 다듬이를 만든다는 건 말처럼 쉽지 않았다. 깎고 다듬는 연장이 있어야 했기 때문이다.

아무니 할 작업이 아니었다. 결국은 전주全州에 사는 목수매부가 필요한 연장을 갖고 골짜기를 찾기에 이르렀다.

"연장은 뭐에 쓰려고요?"

목수매부가 아버지에게 물었다.

"이 나무토막으로 다듬이를 만들면 어떨까 해서."

아버지는 잘라놓은 고목토막을 내밀었다.

"다듬이요?"

"자네 장모가 급히 이사 오는 바람에 아, 글쎄, 다듬이를 안 챙겨왔다지 뭔가."

"그럼 천생, 제가 온 김에 다듬이를 만들어드려야 할 것 같네요, 아버님."

결국 다듬이를 깎고 다듬는 건 연장을 가져온 매부가 맡아 해냈다. 숙련공의 손길이 닿자 거친 고목토막은 점차 그럴 듯 다듬어지기 시작했고, 하루해가 지기 전 어엿한 다듬이로 태어났다.

모양만 그럴 듯한 게 아니다. 그 다듬이소리는 여느 돌로 깎아 만든 다듬이소리에 견줄 수 없도록 청아한 게 신비감마저 들었다. 아니다. 다른 사람은 몰라도 내 어린 귀에는 신비하기커녕 처녀귀신의 신음처럼 으스스했다.

그렇다. 한밤중 산골짜기에 울려 펴진 다듬이소리는 어린 내 등골을 송연하게 만들기에 충분했다. 또따딱 또따딱 또따딱, 빨래를 사이에 둔 다듬이와 방망이의 마찰음은, 사방에 둘러싸인 첩첩

산에 부딪쳐 되돌아오는 그 소리가 왜 그리 을씨년스럽게 들리는 걸까. 누나들이 방망이질 할 때마다 어린 막둥이의 몸에는 야릇하게 오싹오싹 소름이 돋았다.

하지만 시간이 지날수록 오싹한 무서움은 전혀 다른 느낌으로 다가왔다. 돌이켜 생각하건데 이곳은 사방이 산으로 둘러싸인 골짜기, 그게 어린 내게는 그만큼 무료하고, 그만큼 답답했는지 모른다. 소름 돋는 방망이소리가 오히려 자장가처럼 느껴진 건 비로소 어린 내가 적응의 법칙에 눈뜨기 시작했다는 신호는 아닐까.

근데 어떻게 된 노릇인지 큰누나가 갑자기 몸져누웠다. 그저 가벼운 몸살감기려니 여겼지만, 그게 아니다. 큰누나는 자그마치 열흘이 지나도록 일어나기커녕 더 병이 깊어갔다. 좋다는 약을 다 써도 전혀 차도를 보이지 않자, 놀란 어머니가 달려간 곳은 무당 집이었다.

무당은 어머니로부터 큰누나의 병세를 듣자마자 냅다 소리를 높였다.

"빨리 고놈의 괴물을 갖다 버려!"

"괴물이라니요?"

"괴물이지. 목숨을 탐내는 그건, 그 고목이 무신 나문지나 알어? 신령님이 노니는 나무란 말여. 그런 나무를 싹둑 잘라 다듬이를 만들었으니, 천벌 받은 거여, 천벌을!"

집에 돌아온 어머니는 무당말대로 그 다듬이를 얼른 내다 버렸다. 그 아까운 것을 뒤도 안 돌아보고 버릴 수밖에. 아무리 아까운들 어찌 자식의 목숨과 바꿀까 보냐고.

신통했다. 그토록 끙끙 앓던 큰누나가 다듬이를 버린 지 고작 대여섯 시간도 안 돼 병석에서 벌떡 일어났다. 언제 앓았냐는 듯.

그것을 목도한 어린 나는 어땠을까. 귀신의 존재를 철석같이 믿어버린다. 그 얕잡아볼 수 없는 위력을. 어쩐지 다듬이소리가 예사롭지 않다 여겼더니, 그 다듬이소리가 다름 아닌 신령의 신음 소리였단 말인가.

그 뒤부터인 듯싶었다. 온통 산으로 둘러싸인 골짜기가 외롭지 않은 게. 새소리, 바람소리 등 온갖 소리들, 무섭고 두렵고 으스스 하기만 한 소리들이 신비하다 못해 봄 아지랑이처럼 다정하게 다 가온 것이다. 얼핏, 멀리 고리봉으로부터 흘러내려온 이 골짜기가 천국이란 생각도 들었다.

내 어린 마음속에 신령神靈의 존재가 더욱 자리 잡은 건 무당굿 을 본 뒤였다. 어느 날, 나는 어머니의 손에 끌려 무당굿을 가까이 서 볼 기회가 있었다. 울긋불긋한 옷을 치렁치렁 늘어뜨린 무당이 꽹과리와 징, 북소리에 맞춰 더덩실 춤을 추며 귀신과 뭣인가 시 부렁대는 광경을 볼 때만해도 그렇듯 소름이 끼치지 않았다.

한데 그 광경만은 무섭다 못해 온몸에 소름이 확 번졌다. 어떻게 사람의 탈을 쓰고 그럴 수 있을까? 놀라 자빠질 지경이었다.

무당도 사람이었다. 사람이 그렇듯 시퍼렇게 날선 작두 위를 아무렇지 않은 듯 거닐며 춤을 출 수 있을까? 의구심이 사정없이 어린 내 머리를 내리친 것이다. 그만큼 어린 내게는 그 광경이 선뜻 받아들여지기 어려웠다. 귀신의 도움이 아니고야, 귀신에 씌우지 않고야 어떻게 사람이 그럴 수 있을까 싶었기 때문이다.

그때부터인 듯하다. 내 머리가 커지면서 차츰 세상을 보는 눈, 생각 같은 게 달라지기 시작한 게. 세상은 자연 그대로가 아닌, 뭔가 말할 수 없는 힘에 의해서 돌아간다고. 불가사의不可思議, 그렇다. 과학으로 도저히 설명할 수 없는 어떤 힘이 이 세상에는 얼마든지 널려있다고.

각시바위에서 죽은 예인을 만났던 삼촌만 해도 그렇다. 이승과 저승을 드나들던 삼촌은 끝내 그길로 박수무당이 된게 우연이었을까? 아니다. 귀신과 말을 주고받을 수 있는 일이 어디 아무나 할 수 있는 일인가. 좁은 소견인지 모르지만, 그건 이승과 저승의 통로가 터있는 사람이 아니면 어떻게든 불가능한 일이 아닐까. 그래서 세상은 수수께끼투성이라고 투덜대는 이들도 수두룩하다.

서울에서 직장을 다닐 때의 일이다. 어찌어찌 결혼을 늦게 했는데 아내는 첫 딸을 낳은 지 이태 만에 또 아이를 가졌다. 한데 4개월 째 들어서면서 이유 없이 하혈을 시작했다. 병원에 입원하면서까지 치료랍시고 하긴 했지만, 조금도 차도가 있어 보이지 않았다. 그때 설핏, 나는 지리산에서 살 때 큰누나가 앓아눕고 병이 났지 않자 무당에게 달려갔던 어머니가 생각났다.

나는 망설이지 않고 미아리고개 무당집이 즐비하게 늘어선 데를 기웃댔다.

"흉가에서 살면서 성성하길 바라는 거냐!"

무당은 길길이 뛰었다.

"흉가요?"

나는 되물었다.

"그래, 흉가도 몰라? 지금 살고 있는 그 집, 사람들이 살아선 안 되는, 살이 낀 집이란 말이야!"

살煞이라는 게 뭐냐. 사람을 해치는 모질고 독한 귀신의 기운이 아닌가. 어쩐지, 지금 살고 있는 집을 세들 때 너무 헐값에 전세계약을 했던 일이 떠올랐다.

망설일 까닭이 없었다. 그길로 집으로 돌아온 나는 백방으로 알아본 끝에 간신히 보름 만에 그 흉가를 벗어났다. 새로운 셋방으로 이사를 온 그날 밤, 화장실에 간 아내는 5개월째 들어선 아이를 사산했다. 아내는 남자아이 같다며 무척 아쉬워했지만, 나는 후유, 오히려 아이를 사산한 게 다행이라며 크게 숨을 내 쉬었다. 그 뒤로 아내는 까닭 없이 흘리던 코피도 그쳤고, 몸도 금세 회복돼 갔다.

그 일을 겪고 난 나는 또 한 번 무당의 점괘에 혀를 내둘렀다.

그리고 보통 사람에겐 어림없는 그 영령英靈에 탄복했다. 그리고 그건 우리 생활에 필요 불가결한 요소임을 다시 한 번 깨달았다.

　하지만 서른이 훨씬 넘어 장가를 갈 때 나는 전혀 반대의 입장에서 홍역을 치렀다. 그 거역할 수 없는 점괘, 영력을 믿어온 내가, 큰누나의 부정적인 아내의 사주팔자를 들먹이자 "그런 거, 미신에 불과하단 말이요!" 버럭, 고함을 치고 돌아선 것이다.

　평소의 생각, 사고思考가 바뀌어서일까? 아니다. 어떻게 보나 순간적인 충동, 반발이었다. 내 나이가 몇인가. 사주팔자를 따지고 자시고 할 때인가. 서로 마음이 들면 못 이긴 채 새로운 인생을 의탁해 볼 나이라고 생각한 때문이었다.

　큰누나의 마음도 충분히 이해는 갔다. 내게는 부모와 작은누나, 형을 잃고 오직 남은 피붙이라면 큰누나 하나뿐이었다. 하나뿐인 피붙이가 장가를 간다는데 큰누나는 그냥 뒷짐만 지고 있을 수 있었을까. 짝을 늦게 만나는 것 말고 우리 막둥이가 어디가 어때서, 기왕이면 뒤탈 없는 짝을 맺어주고 싶은 마음이 굴뚝같았으리라.

　큰누나도 점괘로 병상에서 쾌차한 경험이 있었다. 막둥이의 생년월일과 혼인할 짝의 생년월일을 갖고 간 데는 뻔했다. 사주궁합을 보는 점집이라는 것을.

"그래, 뭘 알아봤는데?"

나는 큰누나에게 불려가자 시큰둥한 말투로 물었다.

"당연히 궁합이지."

큰누나의 얼굴빛은 밝지 않았다.

"야야 막둥아. 꼭 그 여자여만 쓰것냐? 궁합이 보통 나쁘지 않아, 야."

"큰누나는 궁합이 나빠서 매형하고 헤어졌소?"

불쑥, 내 입에서 안 해도 될 말이 나와 버렸다.

"뭣이라고, 야?"

"그렇잖아, 큰누나. 사주팔자, 궁합 같은 그런 것, 말짱 미신이야. 엉터리라고. 평생 살아야할 반려자와 그래, 궁합 같은 것에 얽매여 살아야 한다는 말이냐고요?"

내 입에서 어떻게 그런 말들이 쏟아졌는지, 스스로 생각해도 어처구니가 없었다, 정말. 장가갈 짝에게 콩깍지가 씌워도 단단히 씌우지 않고서야.

고백하건대 지금의 집사람이 된 그 짝은 내성적인데다 외골수인 나로선 놓치기 아까운 사람이었다. 어렸을 때부터 외톨이 기질인 나는 고집도 남달랐다. 저 하나밖에 모르는 이기적인 사내를 과연 누가 따뜻하게 보듬어줄까, 솔직히 의문이었던 나 아니던가.

그런 내게 집사람의 출현은 하늘이 점지해준 천사였다. 그 어떤 미사어구를 동원한들 한없이 넓은 마음의 그 짝을 어떻게 설명

할까. 아니다. 도무지 말이 필요 없다고 생각했다. 만나고 같이 있기만 해도 더없이 편해지는 마음, 그거면 더 이상 무엇을 바랄까 싶었다. 궁합 따위가 뭐 말라 비틀어 죽은 귀신인가 말이다.

삐진 큰누나는 막둥이의 결혼식에 끝내 나타나지 않았다. 하지만 우리 부부는, 큰누나가 세상을 떠나기 전까지 명절은 말할 것 없고 수시로 찾아뵈어 우리가 이렇듯 무탈하게 잘 살아가고 있습니다, 하고 문안드리곤 했었다.

어느 토요일 오후, 우리 부부는 저녁을 먹고 거실 소파에 나란히 앉아 TV를 보고 있었다.

TV화면이 재미없어서였을까, 집사람이 불쑥 말을 꺼냈다.

"그럭저럭 우리도 50년 넘게 살았네요. 어느새 제 나이도 70대 중반, 그동안 두어 번 죽을 고비도 있었지만 그런대로 우리, 잘 살아온 거죠, 여보?"

"그래, 나도 어느덧 80대 중반이지만 잘 살아온 셈이지. 무탈했다고는 볼 수 없지만 그럴 때마다 귀신의 도움이 컸던 것도 사실이야. 우리가 살아가는 데 귀신의 도움이 필요할 때가 있긴 있더라고. 맹종할 것까지야 없지만."

"근데, 왜 그랬죠? 큰누나가 우리 결혼을 반대하자 궁합 같은 거, 말짱 헛것이라며 펄펄 뛴 거…?"

"귀신의 영력을 믿은 내가 어떻게 그럴 수 있느냐, 그거요?"

"그런 의문도 없지 않고…."

"귀신은 귀신이고 궁합은 궁합이라고 생각했지. 문제는 사람의 의지야. 세상사, 모든 게 100%가 아냐. 그때그때의 현명한 적응으로 위기를 모면하도록 노력하는 수밖에. 당신을 놓칠 수 없는데 궁합이네 뭐네 지고 들어갈 순 없었지. 그래서 우리, 이렇게 별 탈 없이 아직도 숨 쉬고 있는 거 아닐까."

"그러니까 세상사, 뭐든 이기고 봐야 한다, 뭐 그런 말 같네요!"

"역시 당신은 현처야. 다른 건 몰라도 당신을 놓치지 않은 것만은 백번 잘한 것 같아, 허허."

모처럼 내 입에서 너털웃음이 새나왔다.

언뜻, 어린 시절 지리산 산골짝에서 살았을 때 들은 그 청아한 다듬이소리가 귀에 선연히 울려 퍼졌다.

귀신이 씌웠대서 내다버린 것과는 무관하게 방망이질하는 그 소리만은 기가 막혔던 다듬이소리, 그 소리는 누가 뭐래도 귀신이 곡할 노릇이었다, 정말. 귀신이 곡할 노릇이었어, 정말로.

그림자의 배신

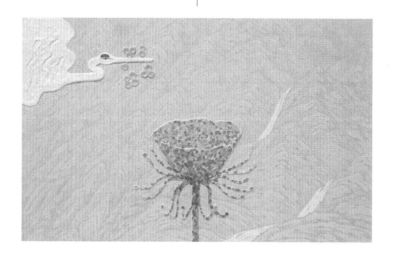

그날도 나는 헛것을 보았다. 안방에서 외출복으로 갈아입고 거실로 나오는데 갑자기 등골이 송연하다. 후다닥 뒤돌아선 눈앞에 뭔가 휙, 지난다. 시꺼멓기도 하고 희멀겋기도 한, 딱히 그 형체가 불분명한 게 꼭 그림자 같기도 하다.

그런 증세가 나타난 게 언제부터인지는 잘 모른다. 어느 날인가 불쑥, 보이기 시작한 헛것은 시도 때도 없이 계속되고 있다. 뭔가에 쫓긴 듯싶거나 심신이 피로하고 불안한 것도 아닌데 그런 증세가 나타나다니 도무지 납득이 안 갔다.

전혀 뜬금이 없다. 그리고 등골이건 면전을 가리지 않는다. 고개를 숙였다 올리는 순간 뭔가 눈앞을 스쳤고, 누구와 얘기를 나누다 눈길을 딴 데로 돌리는 그 순간에도 휙, 그림자 같은 물체가 바람처럼 눈앞을 스쳤다.

"헛것을 본 걸 거예요. 요즘 뭐, 직장에서 안 좋은 일 있어요?"

상황을 듣고 난 아내는 걱정스러운 얼굴로 병원에 가서 심리 상담을 받아볼 것을 간곡히 바랐다.

아내의 '헛것'이라는 말이 이상하게 신경이 쓰인다. 겉으론 멀쩡하지만, 속으론 뭔가 멍들어가고 있다는 찝찝함 때문이다. 헛것이 보일 정도라면 그 증세가 보통이 아닐 거란 생각에 내 마음은 더욱 무겁다.

아내의 말대로 우선 나는 최근의 직장을 떠올렸다. 아무리 생각하고 더듬어 봐도 불안을 일으킬 만한 게 선뜻 손에 잡히지 않는다. 모든 게 잘 돌아가고 있다. 최근 들어 한 번도 과장이 나를 불러 닦아 세운 일이 없을뿐더러, 거느린 계원들이 사고를 친 적도 없다. 한마디로 평온, 그대로이지 않은가.

근데 왜 헛것이 보인단 말인가? 왜 그림자 같은 게 보인다는 말인가? 행여 직장이 아닌 바깥쪽에 그 원인이 있나 싶어 나는 더듬이처럼 머리를 슬며시 그쪽으로 돌려본다.

언뜻, 친구의 얼굴 하나가 눈앞에 어른거린다. 나와는 보통 친분이 두텁지 않지만, 언젠가 한 번 되게 다툰 뒤부터는 서로 소식을 끊고 지내고 있다. 두 번 다시 얼굴을 안 본 채 어느새 일 년 가까이 돼간다.

어쨌든 두 번 다시 그 친구의 얼굴은 보고 싶지 않다. 때와 장소를 가리지 않고 체하는 그 언행을 참아낼 인내가 한계에 부딪힌 건지 모른다. 어떤 모임에서인가, 나는 심하게 친구를 향해 격앙된 말투로 쏘아붙인 적이 있었다. "야, 인마. 언제까지 그 잘난 체하는 짓거리, 계속할 거냐?"고.

그 뒤부터다. 쭉 못 만났다. 언뜻언뜻 내가 너무 심했나, 후회하다가도 금세 그날의 불쾌감이 되살아나 뉘우침 같은 게 일시에 사라져 버린다.

그날도 어느 점심 모임 자리에서다. 친구의 예의 체하는 증세가 어김없이 또 나타났다. 최근에 읽었다는, 어느 외국의 경제학자가 쓴 책을 들먹거리는 것까지 어느 정도는 참고 들어줬다. 한데 각론까지 끄집어내어 장황하게 늘어놓는 터에 그만 부아가 치밀었고 굳은 표정으로 냅다 소리치고 말았다.

사실 나는 친분을 앞세워 슬그머니 친구의 장황한 말 중간에 끼어들었다. 친구는 그게 못마땅한 듯 "야, 내가 말하고 있는 거 몰라?" 벌컥, 먼저 화를 내며 막무가내이지 않은가. 모인 사람의 무료함 같은 건 아랑곳없다는 듯 말이다.

딴 때는 잘 참았다. 내가 어려울 때 적극적으로 도와줬던 일을 늘 고마워하고 있는 터라, 어지간하면 그냥 넘어가려 한 것이다. 그날은 일이 꼬이느라 그랬을까. 뭣에 씌운 듯 악을 썼지 뭔가. 아차 싶었지만 그땐 이미 화살이 떠나버린 뒤였다. "더는 두고 못 보겠다. 잘난 체하는 것, 제발 닥치지 못해!" 내가 생각해도 넘친 격정적 질타였다.

그런 뒤 두 번 다시 그 친구를 만난 적이 없다. 내 마음은 편할 리 만무하다. 어느 만치 감정이 수그러들면 전화해야지, 마음먹긴 했지만, 어영부영 시간은 거침없이 흘러갔다. 청개구리를 닮은 듯 계속 거꾸로 내닫는 응어리가 풀리지 않기 때문이다. 내색은 안 했지만 언젠가는 친구의 그 체하는 콧대를 꺾어놔야지, 호시탐탐 노려온 게 드디어 그날 불쑥 폭발한 것뿐인지 모른다. 그만큼 나라는 인간, 소심할뿐더러 걸핏하면 자책을 밥 먹듯 하는 그놈의 콤플렉스 탓인 게 분명하다.

그렇다 쳐도 헛것이 다 보인다니 말이 될법한 일인가. 아니다. 괴상한 꿈을 꾸고 난 다음부터였다. 며칠 동안 나는 두려움에 뜬 눈으로 밤을 지새우곤 했다. 그 끔찍한 꿈이 잠자리에 찾아 들면 어쩌나 하는 공포심 때문이다.

꿈이지만 두 번 다시 떠올리고 싶지 않았다. 천둥 번개 속에 쏟아진 폭우는 삽시간에 세상을 온통 집어삼킨다. 아니다. 모든 게 잠긴 홍수는 어느 순간 널따란 숲으로 변한다. 아니다. 그 숲이 눈 깜작할 사이, 활활 타고 있다. 그 한 가운데에 살려 달라! 외치는 나약하기 짝없는 내가 허우적대고 있잖은가. 무슨 잘못을 저질렀기에 그런 걸까, 설핏 잠을 깬 나는 '노아의 홍수'가 저랬을까? 엉뚱한 생각으로 치달았다. 지구 곳곳이 불타거나 폭우로 물바다가 되는 뉴스도 언뜻언뜻 머리를 강타했다.

구약성서 창세기 편에 나오는 '노아의 홍수'는 다른 얘기가 아니다. 세상에 만연된 죄악을 더 이상 보고만 있을 수 없는 창조주 하느님이 내린 벌이었다.

하느님은 정이 많은 분이었을까? 아니면 몸소 창조한 우주 만물에 대한 미련이 큰 때문일까? 평소에 사람 됨됨을 눈여겨본 '노아'에게만 '빙주'를 통한 생존의 비법을 일러준다. 그러니까 우리 인간들은 노아로부터 시작됐고, 우리 모두는 노아의 후손들이다. 성경 말씀에 따르면 말이다.

그날은 주말이었다. 출근을 안 하다 보니 늘어지게 자고 일어났다. 집안이 너무 조용하다 싶어 거실에 나가보니 아내는 말할 것 없고 애들도 보이지 않는다. 그대로 집안이 텅 비었다.

무료를 달래기 위해 막 TV를 켜려는데 귓전에서 "잠깐만, 주인님" 하는 소리가 들린다. 소스라쳐 주위를 둘러본다. 누구도 눈에 띄는 게 없다. 분명 사람의 목소리가 들렸다. 한데 괴괴한 분위기만 감돌았다.

이상하다, 고개를 갸웃대는 귓전에서 또 속삭이듯 말소리가 들린다.

"이상하게 여기실 것까진 없습니다요, 주인님. 주인님의 떼버릴 수 없는 그림자이니까요. 빛이 없으니까 제 모습을 볼 수 없을 뿐이지요, 주인님."

"근데 그림자가 뭣 땜에 말을 걸어온다지?"

"주인님에게 보통 큰일이 생기지 않아서요."

"내게 큰일?"

"머지않아 주인님은 죽을 겁니다요!"

"내가 왜 죽어? 그걸 네가 어찌 알지?"

"친구가 귀띔해줬거든요."

"그림자도 친구가 있나?"

"그럼요. 사람의 그림잔데요."

"이유가 뭐래? 죽는 이유 말이야."

"그건, 그 친구도 모른다던데요. 죽는다는 것밖에."

"건방진 놈이군. 그림자 친구."

나는 대수롭지 않은 듯 웃어 버렸지만, 가만 생각해보니 기분은 그게 아니다. 생각할수록 머리칼이 곤두서는 게 여간 찝찝하지 않다. 죽을병에 걸린 것도 아닌데 맑은 하늘에 웬 벼락인가 싶었다.

"그따위 헛소문을 퍼뜨린 놈 주인은 대체 뭐 하는 놈이냐?"

"박수무당입죠, 주인님."

그림자는 멋쩍은 듯 말을 흐린다.

"박수무당? 핫."

내 입에서 절로 웃음이 터진다. 박수무당 따위가 내 생사여탈을 거머쥐어? 가당치 않다는 생각이 냅다 머리를 쥐어박는다.

"앞일을 손바닥 들여다보듯 훤히 내다보는 것으로 소문이 자자한 박수무당입죠. 허술히 흘려버리실 일이 아닌 것 같습니다요, 주인님."

그림자는 집요하다. 그 집요함이 보통 진지하지 않다. 주인인 내가 세상에서 사라진다는 건 곧 그림자도 소멸되는 것이니. 꼭 한번 박수무당을 만나보시면 안 될까요, 주인님. 그림자의 간곡한 바람이 슬그머니 내 마음을 움직이려 들었다.

어느 날인가, 나는 그림자의 간청에 못 이겨 박수무당 집을 찾는다. 솔직히 호기심도 발동했다. 나의 죽음에 대한 박수무당의 점괘가 궁금하기도 했고.

방에 들어서자 아랫목에 죽치고 앉은 무당의 눈길이 비수처럼 달려든다. 가뜩이나 으스스한 방 분위기 탓으로 숨이 콱콱 막힌 나는 엉거주춤, 그 자리에 굳어버린다. '정신 놓지 마시고 무당을 똑바로 바라보고 앉으세요, 주인님.' 그림자가 귓전에서 속삭인다.

박수무당은 계속 나를 뚫어지게 쏘아볼 뿐 좀처럼 입을 열지 않는다. 어느 정도 침착함을 되찾은 나는 은근히 반발심이 인다.

내 생사를 틀어쥔 듯싶은 무당한테 싸움이라도 걸듯 먼저 입을 연다.

"그래, 내가 머지않아 죽는다고 했소? 멀쩡한 내가 무슨 연유로 죽는단 말이요?"

언성이 높은 게 자신이 느끼기에도 자못 도전적이다.

"헛!"

무당은 어처구니가 없다는 듯 요란하게 헛기침을 한 뒤 비로소 벌린 입에서 하늘을 찌른 듯한 노기가 침을 튀긴다.

"도대체 그따위 소문을 퍼뜨린 놈이 누구냐?"

"거야, 당신의 그….."

말 중간에 잽싸게 그림자가 끼어든다, '무당의 그림자가 귀띔해 줬다는 얘기, 여기서 하면 어떻게 합니까요, 주인님' 하는 바람에 나는 얼른 말을 돌린다.

"어찌 됐든 내가 죽는 건 확실한 거요? 그걸 알고 싶어 이렇게 찾아온 거 아니요."

"왜 죽어, 당신이?"

"그럼, 말짱 헛소문이란 말이요?"

"헛소문은 아녀. 천기가 누설된 게 문제인 게지."

"도대체 뭐 하자는 수작이요!"

나도 모르게 꽥, 돼지 목 따는 소리가 나왔다. 무당의 애매모호한 말투에 꾹꾹 눌러온 부아가 치민 것이다.

"돌아가. 당신의 운명 따위, 내가 알 거 뭐야. 썩 물러가라고!"

무당의 고집도 만만찮았다.

나는 방문을 밀치고 나오면서 뭔가 놀림을 당하고 있다는 느낌이 들었다. 그 느낌은 아까 그림자의 간곡한 등 떠밀림에 박수무당 집을 찾을 때부터였다. 생각해보니 무당집이 내가 사는 집 근처에 있다는 걸 진작 왜 몰랐을까? 무당집이라면 으레 대나무에 울긋불긋 깃발이 펄럭이고 있다. 한데 여태 나는 동네를 지나다니면서도 그것을 못 보고 그냥 지나친 게 이상하잖은가.

그뿐인가. 그놈의 박수무당이란 사람도 어딘가 석연찮은 점이 한두 가지가 아니다. 우선 여느 무당의 방과는 사뭇 다른 방안 분위도 그렇다. 귀신을 불러들이는 방답게 울긋불긋 요란한 꾸밈이 전혀 없는 밋밋한 보통 방이 아닌가.

"이봐. 너 혹 내게 뭔가 숨기고 있는 거 아냐?"

나는 이상하게 침묵하고 있는 그림자가 갑자기 의심스러워졌다.

"….."

"변명할 말조차 없다, 그 건가?"

"그건 아니고요…."

겨우 기어 나오는 모기 소리.

"그게 아니면 뭐야. 속 시원히 털어놔 보란 말밖에."

나도 모르게 목소리가 높아진다.

"말미를 좀 주십쇼, 주인님. 뭘 좀 알아본 담에 말씀드립죠, 주인님."

그리고 그림자는 휭, 내 곁을 떠나 어디론가 사라진 듯싶다. 벌레를 씹은 듯 나는 뒷맛이 씁쓰레하다.

헛것을 보고 새삼 그림자의 권유로 박수무당까지 만나고 온 내 머리는 한층 더 어수선하다. 아니, 더 복잡해진 것 같다. 도통 동서남북을 판별하기 어렵다. 아내가 뭐라고 한 듯싶은데 못 알아들을 때가 많을뿐더러, 대낮 집 안에 가만히 앉았다가 별안간 저놈 잡아라, 불쑥 소리까지 질러댈 때도 있으니 말이다.

그때마다 아내의 핀잔이 준엄하다.

"아니, 뭐예요? 분명 의사의 상담을 받아보라지 않았어요?"

"괜찮아질 줄 알았지, 뭐."

"근데, 소리는 왜 질러요?"

"왜 그랬는지 나도 몰라. 웬 놈이 갑자기 들입다 뒤통수를 치고 달아나는 거 아니냐고."

"그게 이상하다는 거 아녜요. 일어나요. 당장 병원에 가게요."

"오늘은 일요일이야. 병원 문 열었을 턱 없지."

아내는 더 채근하지 않는다. 아내 얼굴에 근심 걱정이 잔뜩 서린다. 아니, 근심 걱정이라니, 그건 비웃음이 분명하다. 게으름에 관한 한 못 말리는 사람이라는 핀잔 섞인 저 눈빛. 바보 멍청이라고 한숨을 삼키고 있을게 틀림없다.

아내 앞에서 나는 어린애나 다름없다. 뭐든 혼자 해결하지 못한 나의 절대 지배자인 거다. 밑만 안 닦아줄 뿐 아내는 나를 목욕까지 시켜주고 있으니 말이다. 도무지 샤워도 하려 들지 않고 버티는 나를 아내는 개 끌 듯 목욕실로 끌고 들 때가 허다하다.

허수아비, 그렇다. 나는 아내의 허수아비다. 그렇지 않고야 아내가 하자는 대로 그렇듯 척척, 맞춰줄 수 있을까 싶다. 그처럼 허수아비가 돼주는 게 좋은 남편이 되는 건양 말이다.

아내의 허수아비가 돼버린 게 언제부터더라, 그 정확한 경계선은 잘 기억나지 않다. 결혼 전 사귈 때만 해도 그렇고, 결혼 후 남매를 둘 때까지도 나는 가장으로서의 위상이 그렇듯 우그러들었다는 생각은 안 든다.

가만히 돌이켜 보니 남매의 학업 진로 때부터인 듯싶다. 아내와의 의견이 자주 부딪친 건 기억이 뚜렷하다. 하지만 언제부턴가 내 목소리는 줄고 아내의 목소리가 커졌는지는 아리송하다.

딸이 큰애다. 첫딸은 복덩어리니 그렇게 귀엽고 사랑스러울 수 없었다. 걸핏하면 야간근무가 일상처럼 돼버린 초년병시절이었지만, 나는 눈에 넣어도 아프지 않을 첫딸의 보조개가 눈앞에 어른거려 무슨 핑계를 대서도 야간근무 도중 회사를 빠져나올 만큼 딸 바보였다.

딸애는 여고 시절 공부를 잘했다. 전교에서 10위권에 들 만큼. 웅변에도 남다른 딸애는 초등교부터 여고 졸업 때까지, 교내는 두말할 것 없고 전국대회에 나가도 우승은 받아 놓은 밥상이었다.

하지만 딸애의 대학 진학을 두고 집안이 발칵 뒤집혔다. 뜻밖에도 딸애가 지망한 데가 미술대학이라지 않은가. 나까지 속이 뒤집힌 건 아니다. 어디까지나 속이 뒤집혔던 건 아내 쪽이다. 나는 그저 딸애의 의견을 존중하는 한편 아내가 딸애와 팽팽한 줄다리기하는 것을 느긋한 마음으로 불구경만 하면 그만이었다.

아, 결코 되돌아보고 싶지 않은 사건이었다. 우리 부부 사이를 갈라놓을 뻔한 만큼 두 번 다시 생각하기 끔찍한 기억이랄까. 말없이 가출한 아내는 일주일 뒤 이혼서류를 보내왔다. 친정에서 두문불출한 아내를 찾아가 몇 날 며칠을 빌고, 각서까지 써주는 수모를 겪고야 겨우 아내를 다시 집으로 돌아오게 한 사건이 아니던가. 그게 어디 대수롭지 않은 일이었겠느냐 그 말이다. 아직도 내게는 그 생각만 하면 머리가 돌아버릴 것 같은 큰 상처로 남아 있다.

그로부터 2년 뒤이던가. 아들의 진학 문제로 또 한 번 아내와 붙을 뻔한 일이 생긴다. 딸애 때 일이 있는지라 이번만은 나는 처음부터 아예 감정 같은 것, 입방정일랑 꾹꾹 찍어 누르고, 몇만 리 몇십 리 밖에서부터 기기에 급급했다. 두 번 다시 아내와의 불화로 소동을 겪는다는 건 차라리 죽느니만 못하다는 생각이 절실한 탓이었다.

아들은 기대와 달리 엉뚱하게도 체육 진학을 택했다. 어렸을 적부터 아이들과 밖에 나가 뛰어놀기는커녕 맨날 만화책이나 동화책 보기를 더 즐겼다. 하다못해 달리기, 던지기도 제대로 할 줄 모르는 아들이 체육과를 전공한다는 건 갓 쓰고 자전거 타기만큼 얼마나 생뚱한 지망이냐 그 말이다.

더욱이 웃기는 건 아내의 태도였다. 아내는 그 성정상 내성적이고 여성적인 아들이 남다른 그림 솜씨 그대로 만화 쪽, 애니메이션 쪽 진학을 바랄 줄 알았다. 유약한 아들의 체육 전공은 처음부터 천부당만부당, 극구 말릴 것이라 예상한 아내였다.

한데 아내는 딸애 때와는 사뭇 달랐다.

"그러니! 네가 그렇듯 하고 싶으면 그렇게 하렴!"

새삼 아들의 성장을 느낀 듯 한껏 환한 미소까지 보내며 쉽게 받아들이는 게 아닌가.

깜짝 놀란 나는 어떻게든 아들의 생각을 바꿔놓고 싶었다.

"뜀박질도 제대로 할 줄 모른 니가 운동 전공이라니, 안 어울린다 생각 안 하니? 차라리 애니메이션 쪽이 어때?"

넌지시 아들의 소질을 들먹이며 아내의 눈치를 살폈다.

아내가 내 충동질을 그냥 지나칠 리 있을까. 대번에 언성을 높인다. 잡아먹을 듯 퍼런 서슬로 쏘아붙인다.

"뭐예요, 당신? 애가 가려는 길을 훼방 놀 거예요?"

그 한마디에 나는 더 찍소리 못하고 슬그머니 꼬리를 내리고 만다.

속은 부글부글 끓는다. 누구보다 아이들의 장래를 걱정해야 할 아비, 가장이 아닌가. 조금도 도움을 줄 수 없다고 생각하니 산다는 보람일랑 말할 것 없고, 비애감마저 밀려든다. 그리 살 바엔 차라리 이 집에서 깨끗이 없어져 주는 게 어떨까. 아니, 극단적인 생각도 파도처럼 출렁인다. 아비란 자가, 아들의 진로에 그처럼 찍소리 못하고 물러서다니 어찌 살맛이 날까 싶었다.

하지만 말이다, 이미 뜻하지 않은 풍랑에 잔뜩 짠물을 먹어본 가장이다. 허수아비로 사는 게 백번 편하다는 걸 깨달은 지도 오래고. 근데 뭘 망설이느냐. 자존심, 체면을 사정없이 내려놓으면 그만 아닌가. 그럼 얼마나 마음이 편안한가 그 말이다.

아침 출근을 위해 집을 나서는데 그림자가 말을 건다.

"박수무당의 그림자를 만나봤는데요….".

안개가 낀 탓인지 햇빛을 받지 못한 그림자는 어느 쪽에도 얼씬거리지 못한다.

"뭘 확인하고픈 건데?"

"네?"

"뭘 확인했냐고?"

"아, 네. 그러니까 바로 주인님의 죽음에 관해서….".

"내 죽음?"

그새 나는 내가 죽을 운이라는 박수무당의 점괘를 까마득히 잊고 지냈다.

"그래, 내가 곧 죽는다는 건 진짜야?"

그림자는 잠시 망설인 듯싶더니 들입다 속 시원히 뱉아버린다.

"죄송하게도 그것만은 틀림없는 것 같아요, 주인님."

나는 어처구니가 없다, 여전히. 내가 보기에 분명 그 박수무당은 엉터리다. 박수무당의 애매모호한 태도 탓에 그림자끼리 짜고 고스톱 치듯 나를 가지고 놀고 있다는 의심이 부쩍 고개를 든다.

"니들, 계속 날 가지고 놀 거야?"

"아, 아닙니다요, 주인님. 그 무슨 섭섭한 말씀을."

그림자는 억울하다는 듯 말을 끊는다. 한참 만에 다시 말문을 잇는다.

"주인님 생사가 걸린 일입죠, 주인님. 주인이 없으면 저도 없다는 것, 주인님이 더 잘 아시지 않습니까요. 주인님을 살리는 건 곧 저를 살리는 일입죠, 주인님. 제가 살아남기 위해서도 별별 수를 다 써서 알아냈습니다요, 주인님. 그리고 사는 길도….".

그림자는 끝내 말을 맺지 못하고 흐린다. 짐작건대 말을 맺지 못할 만큼 감정이 격해있기 때문이리라.

가만히 생각해보니 그림자의 진심을 내가 너무 몰라준 듯하다.

생사 문제는 나뿐이 아니란다. 그림자의 말마따나 그림자의 운명도 나와 함께라는 말은 백번 옳은 듯하다. 내가 이 지구상에서 사라지면 그림자도 소멸되는 건 명약관화하다. 그림자가 갑자기 측은하기 그지없다.

"삐졌나?"

"아, 아닙니다요, 주인님."

"섭섭했다면 사과함세. 응어리 풀라고."

잠깐 말을 끊다가 다급하게 나는 묻는다.

"결론은 뭐냐고? 살 수 있다는 거야, 뭐야?"

"어찌 주인님을 죽게 내려두겠습니까요. 저 역시 없어지는 일인뎁쇼. 주인님."

"말 돌리지 말고 속 시원히 털어 노랄밖에."

"박수무당을 족쳐야 합니다."

"뭣 땜에?"

"안 그러면 쉽게 비방을 털어놓지 않을 거라는 박수무당 그림자의 귀띔입니다요, 주인님."

"어떻게 족치지?"

"극단적인 방법을 써야 할 것 같습니다."

"극단적 방법?"

"그쪽 그림자 말로는 박수무당 집에 불을 지르랍니다요."

"…."

나는 선뜻 말문을 못 연다. 그건 분명 범죄이지 않은가. 무심코 저질렀다면 또 모른다. 범죄행위가 틀림없다는 것을 뻔히 알면서 그 길로 간다는 건 무엇보다 내 양심이 허락하지 않는다.

"그건 안 돼!"

나는 한마디로 그림자의 말을 싹둑, 잘랐다. 무 자르듯.

회사에서는 하루 내내 일이 손에 잡히지 않았다. 출근할 때 그림자가 한 말이 계속 머리에 끼어든 탓이다. 박수무당 집에 불을 질러야 내가 살 수 있다니, 도무지 이해도, 납득도 안 되기 때문이다. 자꾸만 두 그림자가 나를 가지고 놀고 있다는 생각이 들 뿐이다.

기분이 상할 대로 상한 나는 퇴근할 때도 그림자가 행여 말을 붙여올까, 회사 회전문을 밀치고 나오기 무섭게 쐐기를 박듯 다짐한다.

"두 번 다시 내게 말을 걸지 말거라."

그림자와 말을 주고받으면 주고받을수록 말려들 것 같은 생각이었다.

죽고 사는 문제였다. 죽고 사는 문제에 나 몰라라 하는 사람이 있을까. 있다면 그건 벽창호이기 십상이다. 말은 그처럼 독하게 해놓았지만 실상 내 마음은 딴판이지 뭔가. 자꾸 내가 귀를 쫑긋

대는 모양새가 그렇다. 혹여 그림자가 말을 걸어오지나 않을까, 은근히 그림자의 무슨 말인지를 기다리고 있는 내가 좀 우습긴 하지만.

어디선지 한숨 소리가 들린다. 아무리 둘러봐도 그림자는 얼씬 거린 것 같지 않다. 깜박했다. 하늘에는 구름이 잔뜩 끼어 있다. 빛이 없는 한 그림자가 나타날 리 만무하지 않은가. 그림자는 내 몸 어딘가에 붙어있겠지. 그렇담 그 한숨 소리는 그림자의 것인 게 틀림없다.

"이봐, 방금 한숨을 내쉰 것 같던데?"

"…"

"한숨만 쉬지 말고 할 말 있으면 해봐. 끙끙 앓지만 말고."

"주인님과 함께 죽을 생각을 하니…."

"내가 왜 죽어!"

나도 모르게 꽥 소리를 지른다.

"아닙니다요. 손 안 쓰면 주인님이나 저나 살 수가 없습죠, 주인님. 제발 깊이 헤아려주셔요, 주인님."

"그래, 어떻게 하면 된다고? 무당집에 불 지르라고?"

"아니, 꼭 불을 지르란 건 아닙죠, 주인님…."

"그럼, 뭐야? 속 시원히 얘기해 보랄 밖에."

그림자의 자상한 얘기를 듣고 보니 일리도 있을뿐더러 내가 너무 성급했던 걸 알게 된다. 그림자로부터 대응 방법에 따른 구체적인 설명을 듣고서야 나는 겨우 그림자를 다시 믿기로 마음을 바꾼다.

대응 방법은 의외로 간단했다. 인적이 드문 야산에 박수무당의 집 모형을 만들어놓고 불을 지르면 된다는 거란다.

"왜 그 얘기를 진작 안 한 거지?"

"주인님께서 너무 어처구니없어 하실 듯싶어서지요."

"평생을 내게 붙어 다니면서 내 성정도 제대로 못 읽어?"

"아, 네, 그게…."

그림자는 명쾌한 대답을 피하려는 듯 말꼬리를 흐린다.

"알았다. 당장 그렇게 하자."

나는 더 이상 뒷말을 달지 않았다. 그림자가 하자는 대로 하리라 마음먹었다.

야산에 가서 박수무당 집 모형에 불을 지르고 난 뒤, 나는 근처 나무에 기대앉았다. 그늘 저쪽 넘어 펼쳐진 하늘이 한눈에 오롯이 들어온다. 구름 한 점 없이 맑게 갠 하늘이다.

그림자가 얼씬하지 않는다. 주인이 그늘에 앉아있으니 그림자가 어디서 얼굴을 내밀겠는가. 빛이 없으면 존재가치가 없는, 그게 바로 그림자의 운명. 참 못 말리는 운명이란 생각이 퍼뜩 머리를 스친다.

나란 인간의 운명이란 것도 매한가지다. 죽었다 깨나도 거역할 수 없는 게 있다. 죽음이다. 죽음에 관한 한 그 운명의 쇠사슬에서 결코 자유로울 수 없다. 하물며 그림자이랴. 피할 수 없는 나의 죽음과 빛없는 그림자의 처지가 운명적 등가관계로 느껴진 건 무엇 때문일까.

불연 그림자가 측은하다는 생각이 든다. 생각해보면 그림자뿐이 아니다. 측은 한 건 나도 마찬가지리라. 죽음, 소멸이란 것에 움쩍달싹 못하는 존재들이니 말이다.

은근히 심통이 꿈틀댄다. 거역할 수 없는 그 운명을 따돌릴 수는 없을까? 갑자기 심장박동이 할딱거린다. 마음도 쫓긴 듯 급해진다. 심장이 오그라들 것만 같다.

나는 얼른 나무 그늘에서 뛰쳐나온다. 그리고 하늘을 본다. 어느 사이, 그렇듯 해맑은 하늘 저쪽에서 검은 구름 떼가 몰려오고 있다.

"빨리 이곳을 피해야 할 것 같네요, 주인님. 천둥 번개를 잔뜩 머금은 구름이 몰려오고 있다굽쇼, 주인님."

어느새 나타났는지 그림자의 다급한 재촉이 등을 떠민다. 햇빛에 나오니 덩달아 모습을 보인 그림자.

용수철처럼 튄 나는 어느새 마을을 향에 뛰고 있다. 요즘 따라 유난히 잦은 폭풍우와 천둥 번개가 나를 집어삼키려 든다. 불안을 안고 뛰고 또 뛴다. 아니다. 폭풍우와 홍수가 꿈속에서처럼 언제 갑자기 불길로 돌변할지 모른다는 위기감에 더욱 뜀박질 보폭을 넓힌다.

한참 뛰다 말고 나는 멈칫 선다. 야릇한 의구심이 머리를 스친다. 아무래도 나는 누군가의 놀림에 춤추고 있다는 생각이다. 나를 갖고 노는 놈이 다름 아닌 바로 그림자일 거라는 생각이 번쩍, 뱀 대가리처럼 머리를 쳐든다. 그림자란 놈, 도무지 내 죽음에 대해 그토록 호들갑을 떠는 것부터 우스꽝스럽고 구역질이 난다.

"그림자 너, 뭔가 나를 속이고 있는 거 아니냐! 안 되겠다. 너 두 번 다시 내 주변에 얼씬하진 말거라, 이 죽일 놈아!"

나는 주위를 두리번거리며 소리를 지른다. 어쩐지 그림자가 나를 배신하고 있다는 생각이 굴뚝 같다. 도무지 그림자 놈, 못 믿을 놈인 게 분명하다. 어떻게든 내 몸에서 내쳐야 숨통이 트일 성싶다. 주인인 나를 속이다니, 천하에 둘도 없는 배신자에게서 하루빨리 도망치는 게 상책이 아닐까. 아니, 장땡일지 모른다. 아니, 아니라니까….

깨어있는 밤

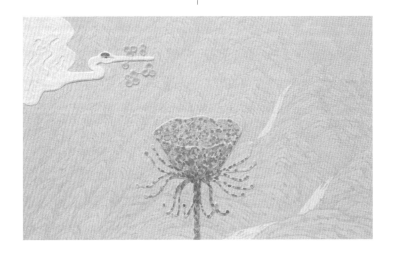

아무래도 증세가 심상치 않다. 한 달 새 몸무게가 자그마치 5kg이나 줄었으니 말이다. 얘기하나 마나 잠을 늘어지게 못 잔 탓이리라. 초저녁이건 한밤중이건 구애받지 않았다. 일단 잠이 들면 옆에서 무슨 일이 벌어져도 쿨쿨댔던 잠버릇이다.

그런 잠버릇이 요즘 와서 왜 그 모양인지 모른다. 한번 깨고 나면 죽었다 깨나도 다시 잠을 청할 수 없다. 번번이 그렇게 뜬 눈으로 날밤을 지세고 나면 누군들 한 달 새 몸무게가 그 정도 줄지 않고 배길 수 있을까.

"아니, 너?"

만나는 사람마다 그렇다. 바짝 마른 내 모습을 찬찬히 살피며 누구나 그렇게 물었고, 고개를 갸웃댔다.

"글쎄, 나도 모르겠어. 깨어있는 밤이 많다 보니 그런 건가."

내 대답도 대부분 똑같았다.

"깨어있는 밤? 그게 뭔데?"

"말 그대로야. 밤에 깨어있을 때가 많다, 그거지."

"근데, 왜 말라가는 거지?"

"푹, 잠을 못 자니까."

"짜식, 싱겁긴. 잠을 못 잔 때문이라면 그만인 걸, 무슨 말을 그렇게 어렵게 하냐?"

"깨어있는 밤이란 말, 그처럼 어려워?"

"그게 제정신으로 한 말이냐?"

나는 대꾸를 더 하지 않는다. 사실을 사실대로 말했을 뿐이다. 한데 어렵게 들린다니, 더 무슨 말을 하랴. 또 말을 끌어봤자 다람쥐 쳇바퀴 돌 듯 돌고 돌 게 뻔하다.

딱히 언제부터인지는 기억나지 않았다. 곰곰이 생각해보니 그 소녀가 들어오지 않은 날 저녁부터인 듯했다. 적어도 보름 동안은 그랬다. 소녀는 하루도 거르지 않고 저녁때가 되면 틀림없이 귀가했다. 그래, 아예 소녀가 나와 오뉘로 같이 살 결심을 한 거라고 믿었다.

그날 저녁부터였다. 집을 나간 소녀는 하루 이틀이 지나고 열흘이 넘도록 그림자도 얼씬하지 않았다.

첫날은 소녀를 기다리지 않았다. 소녀가 나타나지 않은 사나흘 날 저녁때부터인지 싶었다. 초조한 마음은 나를 문 앞에서 서성대도록 만들었다. 일어섰다 앉았다, 안절부절, 사위가 어둠에 묻힌 바깥까지 나가 소녀의 발걸음에 귀 기울였다. 어느새 보름이 훌쩍 지나버렸다.

그러니까 그날 저녁때부터인가. 겨우 2~3시간 자다 깬 뒤 도통 잠을 청할 수 없는 밤이 계속된 게. 뻔히 눈뜨고 새벽을 맞이하는 내 눈꺼풀은 언제나 가시가 돋을 대로 돋았다.

소녀는 한눈에 오갈 데가 없는 것 같았다. 긴말은 늘어놓지 않았다. 하지만 천애고아인 게 틀림없었다. 덥석, 나는 소녀에게 제안했다.

"너, 나와 오뉘로 지낼 생각 없니?"

"오뉘요?"

"그래, 내가 네 오라버니가 되고 싶은데?"

"…."

대답 대신 소녀는 나를 뚫어지게 쳐다봤다. 내 진심을 캐려는 듯.

"왜, 내 속셈이 숯검정인 듯싶어?"

"아님, 그럴 이유가 없잖아요?"

어쩔 수 없이 나는 소녀에게 나를 믿게 내 신상털이를 좀 더 구차하게 늘어놓지 않을 수 없었다.

"나도 말이야, 너처럼 어렸을 때, 부모 형제자매 등 피붙이 없이 천애고아로 세상을 살아왔지 뭐냐."

그렇게 운을 띄운 나는 어렸을 적부터 성당의 도움으로 자랐고, 성직자가 되는 게 꿈이었지만, 신부神父가 되기에 그 과정이 너무 버거워, 결국 평범한 하느님의 양으로, 여느 보통 사람으로 직장에 다니며 생활하고 있음을 소녀에게 자상히 알렸다.

"물론 너에게는 내가 이 나이에 혼자 살고 있다는 게 부담으로 여겨지겠지?"

"그래요, 그건. 왜 그런 말도 있잖아요, 길러서 잡아먹는다는….'

"흠, 너는 세상을 속아만 살았구나."

"대낮에 코 베가는 세상을 왜 몰라요, 아저씬?

"세상은 네가 생각한 것처럼 어둡기만 한 게 아니란다. 밝고 따뜻한 데도 얼마든지 있어. 그리고 아저씨가 아니라 오빠라니까!'

내 태도가 진지한 걸 소녀는 어느 만큼 느꼈을까. 더 이상 바락바락 떼쓰듯 말대꾸하지 않았다. 일단 소녀의 마음이 움직이고 있다고 생각한 나는 그날 밤, 어찌어찌 소녀를 집으로 데려오는 데 성공했다.

내가 소녀의 손을 낚아챈 건 초만원의 지하철 속이었다. 뒷주머니에 있는 지갑을 꺼내려다가 된통 걸려든 것이다. 소매치기라기에 너무 서툰데다, 티 없이 맑은 소녀라서 나는 잠시 갈등했다. 마음 같아선 그냥 놓아주고 싶었다. 하지만 그대로 놓아주면 영영 소녀는 구원받을 수 없다는 생각이 나를 압박했다.

최근 소매치기가 자취를 감춘 건 지하철뿐만이 아니었다. 버스, 심지어 백화점처럼 사람들이 붐비는 그런데서도 소매치기당했다는 소리를 듣지 못했다. CC-TV가 설치되면서부터 소매치기설 자리가 그만큼 준 탓이리라. 또 털어봤자 현찰보다 카드뿐인 지갑은 모험에 비해 실익이 없다는 소매치기 나름의 약은 계산 때문인지 몰랐다.

그것도 모르고 소녀가 내 지갑을 노렸다면, 뭔가 다급함에 쫓긴 나머지 앞뒤 가리지 않고 덥석, 일을 저질렀을 확률이 높았다. 그랬다. 진땀으로 얼룩진 소녀의 창백한 얼굴은 쓰러지기 직전의 처절한 모습이었다.

나는 낚아챈 소녀의 손을 꼭 쥐고 얼른 플랫폼을 빠져나왔다. 그리고 다짜고짜 물었다.

"너, 도대체 며칠을 굶은 거니?"

"…?"

대답 대신 소녀는 눈만 껌벅거린다. 보나 마나 왜 그리 자기 속 사정을 꿰뚫어 보나 싶은 걸까. 그런 감탄의 눈빛이 어른댔다.

"그래, 금강산도 식후경이라 했겠다. 우선 굶은 배부터 채우자."

나는 소녀를 끌고 가까운 음식점으로 들어갔다. 소녀의 배고픔부터 해결해주고 싶었다.

소녀는 시켜준 곰탕을 후닥닥 게 눈 감추듯 먹어 치운다. 물도 순식간에 두 컵이나 들이켰다. 얼마나 배가 고팠으면….

지금 나는 그런 감상에 젖어있을 때가 아닌 듯했다. 어떻게 하면 소녀를 집으로 데려갈 수 있을까, 그 궁리에 더 신경이 쓰였다. 행색으로 보아 소녀는 일정한 거처가 없는 떠돌이일 게 분명했다.

고심 끝에 나는 소녀를 누이로 삼겠다는 결심을 굳혔다.

소녀는 어림잡아 열대여섯 살쯤 되었을까. 여자 냄새를 풍길 날이 머잖은 듯 앞가슴, 엉덩이가 제법 도톰하다. 그런 소녀를 집안에 끌어들이는 게 좀 주저롭지 않은 건 아니다. 남의 눈에 이상하게 비칠 염려가 충분하기 때문이다. 더구나 나는 혼자 사는 30대 중반으로 명색이 총각이다. 소녀가 의심한 대로 길러서 어쩐다는, 시커먼 숯이 아닌 속을 확 까뒤집어 보일 수도 없는 노릇 아닌가.

하지만 내 결심은 확고했다. 특히 요즘 따라 나는 뼈를 깎는 외로움을 겪고 있었다. 오뉘의 정으로라도 외로움을 달래고 싶었다.

나는 부모가 누군지 모르고 보육원에서 자랐다. 중학까지는 보육원을 의지한 채 낮에는 아르바이트로 돈을 벌고, 남들이 잠자는 저녁 시간에 야간고교를 다녔다. 대학은 언감생심 꿈도 꿀 수 없었고, 보육원도 더 이상 머무르기에 눈치가 보였다.

고교를 마치자 일단 나는 독립했다. 사글셋방을 전전하면서 돈이 되는 일은 무슨 일이든 마다하지 않았다. 그 바람에 3년 뒤에는 전세방으로 옮겨 앉았다. 그것도 어렸을 때부터 다닌 성당 신부님의 보살핌이 무엇보다 큰 힘이 됐다.

지금 다니는 회사도 신부님의 알선으로 취직했다. 처음은 임시직으로 들어갔으나 성실함에, 방송통신대학을 마친 경력이 인정돼 곧 정식직원으로 올라섰다. 방통대에선 생각한 바 있어 아예 사회복지학과를 택했다. 컴퓨터학원을 다니며 워드프로세서 자격증을 따놓은 것도 정식사원이 되는 데 적잖은 도움을 줬다. 그뿐인가. 최근에는 성실, 근면함을 인정받아 과장으로 진급했다.

어느 정도 여유가 생겨서일까. 혼자라는 게 그처럼 뼈에 사무칠 수 없었다. 눈치챈 신부님이 신앙심 두터운 자매를 색싯감으로 엮어주려 했다. 하지만 나는 신부님의 배려를 선뜻 받아들이지 못했다. 반려자를 맞아들일 자신도 없을뿐더러 소외층을 돕는 복지활동에 걸림돌이 되리라는 망설임을 떨쳐낼 수 없기 때문이었다.

나는 소녀가 '누군가의 도움이 필요하다'는 강박관념에서 좀처럼 벗어날 수 없었다. 지금이라도 따뜻한 손길이 미치지 않으면 소녀가 망가지는 건 눈 깜짝 사이라는 위기의식이 고무풍선처럼 부풀어 올랐다. 얼마나 험악한 세상인가. 게다가 머지않아 성숙한 여자가 될 소녀였다. 언제 사나운 독수리가 채갈지 모르는 연약한 소녀를 두고 모른 척 외면하기엔 무엇보다 나의 힘겹게 살아온 과정이 허락하지 않았다.

소녀는 집에서 함께 지낸 사나흘 동안 무척 눈치를 많이 보았다. 어떻게 할지 몰라 쩔쩔 맬 때도 많았지만, 그보다 소녀는 나의 행동에 더 많은 신경을 곤두세고 있는 느낌이었다. 역시 나를 고마운 아저씨가 아닌, 언제라도 늑대가 될 수 있다는 의심의 눈초리를 결코 거둬들이지 않기 때문인지 모른다.

하지만 일관된 내 태도와 진심을 어느 정도 파악한 때문일까. 소녀는 차츰 긴장을 풀고 안정을 찾는 듯싶었다. 어느 날인가는, 아침 일찍 일어나 부엌에 들어가 보니 밥상까지 차려놓은 소녀가 "차린다고 차려봤는데요, 입에 맞을지 모르겠네요," 하고 배시시 웃지 않은가.

아, 비로소 마음을 열었구나, 나는 뛸 듯이 기뻤다. 비로소 '나와 너'의 개체어가 아닌 '우리'라는 복수어가 저절로 튀어나올 만큼, 오뉘로 외로움을 달래며 살아갈 수 있다는 희망이 나를 들뜨게 만들었다.

날아갈 듯 기분이 좋은 나는 앞뒤 생각 없이 소녀, 아니 누이의 손에 덥석 신용카드를 쥐어줬다. 그리고 말했다.

"당장 오늘부터 부엌은 네 차지다. 시장도 네가 보고, 우선 옷 등 네게 필요한 것부터 사거라. 참, 학교도 알아봐야겠는데 너 지금 몇 살이지? 주민등록은 어디로 돼 있니?"

하지만 카드는 마다 않고 챙긴 소녀가 신상에 관한 한 도무지 입을 열려들지 않았다. 부모와 형제자매를 떠나 어떻게 혼자서 떠돌이생활을 하게 되었는지, 입도 뻥긋할 기미가 보이지 않았다.

나는 한 발 물러설 수밖에 없었다. 너무 다그치면 오히려 주눅이 들지 않을까 걱정되기도 했다. 사람을 믿는 데는 시간이 좀 필요할 거야, 그 어린 나이에 얼마나 그동안 세파에 시달렸으면 '믿음'에 대해 그처럼 거부감을 가질까. 더욱 나는 소녀에 대한 안쓰러움과 세상의 비정함에 반발이라도 하듯 마구 고함을 질러대고 싶은 충동을 가까스로 참았다.

그 길로 나는 성당의 고해성사실로 달려갔다. 답답한 심정을 털어놓지 않으면 미칠 것 같았다. 신부님은 다른 말씀은 하지 않았다.

"한꺼번에 얻으려 하지 말아요. 차분하게 기다려 봐요."

고백실을 다녀 나온 뒤 조급했던 내 마음은 한결 가라앉았다. 하지만 나는 왜 소녀가 신상에 대해 그처럼 입에 자물쇠를 달고 있는지에 대해선 여전히 의문스러웠다. 혹여 입에 담을 수 없는, 끔찍한 사건의 충격으로 정신적 장애를 겪고 있기 때문은 아닐까?

다시 내 머리는 그 '끔찍한 사건'의 정체를 알고 싶은 궁금증으로 몸살을 앓았다. 부모, 아니면 형제자매에게 일어난 사건일까? 그도 아니라면 본인 스스로에게 닥친 불상사? 의문의 날개는 장소

불문하고 시도 때도 없이 비약을 거듭했다. 살인일까? 성폭행일까? 아니면, 아니면…. 상상의 깃발은 한도 끝도 없이 펄럭댔다.

소녀가 입을 열지 않으면 않을수록 내 머리는 더 복잡하게 돌아갔다. 밤이면 생전 꿔본 적 없는 이상한 꿈에 시달렸다. 어느 날 밤은 소녀의 집에 강도가 침입, 일가족을 꽁꽁 묶어놓고 집안을 속속들이 뒤져 값진 물건을 죄 가져간 꿈을 꾸기도 했다.

그래도 그건 약과였다. 침입한 강도가 다른 가족이 지켜보는 가운데 모녀를 성폭행하는 장면도 꿈에 나타났다. 성폭행으로 그치지 않았다. 살인까지 하는 장면도 꿈속에서 버젓이 자행되었다.

어느 날 밤에는 대낮 길거리에서 소녀가 웬 험상궂은 사내에게 옷을 벗기는 꿈을 꿨다. 꿈을 꾸다말고 소스라쳐 일어난 나는 소녀가 자고 있던 방문을 벌컥 열어 제켜, 소녀로 하여금 까무러칠 듯 놀라게 한 적도 있었다. 어쩌면 소녀가 집을 나간 뒤 돌아오지 않은 건, 불길한 꿈 탓에 열안熱眼이 돼가는 나를, 차츰 짐승이 돼가는, 심상찮은 낌새로 받아들인 때문은 아닐까?

그러던 어느 날, 나는 신부님을 찾았다. 이번에는 고백실이 아닌 사제관에서 신부님의 상담을 요청한 것이다.

"왜, 아직도 소녀가 안 돌아왔나?"

"소녀가 안 돌아온 까닭이 혹 저를 의심하고 경계해서…."

"짐승으로 보이기 때문이라 그건가?"

"그렇지 않다면야 돌아오지 않을 까닭이…?"

"돈을 준 일이 있나?"

"신용카드를 줬습니다."

신부님은 뭔가 생각하는 눈치였다. 하지만 한참만에야 입을 연 신부님의 말씀은 의외로 간단했다.

"조금만 더 기다려 봐. 곧 좋은 소식이 올 거야."

"아뇨. 소녀는 카드를 처음 20만 원 정도 사용했을 뿐, 그 이상 은 전혀 쓰지 않고 있습니다."

"예상 밖이군."

"그래서 말인데요…."

"어쩔 건데?"

"신문에 광고를 내면 어떨까 해서요."

신부님은 내 의견에 동조하지 않았다. 지나친 관심은 오히려 역효과를 가져올 수 있다며.

"인내심을 갖고 잊어버린 듯 기다리는 게 좋을 것 같군. 소녀가 자네의 반응을 시험하고 있는지도 몰라."

지나친 관심을 경계한 신부님은 덧붙였다.

"문제는 자네한테 있는 것 같아. 왜 그처럼 초조해 하는 거지? 우선 자네의 마음부터 다스려야겠어. 기도하라고. 묵상하란 말이 야!"

신부님과의 상담으로 효험을 본 걸까. 이상하게 그날 밤부터는 일단 악몽에 시달리는 일은 줄어들었다. 아니다. 기도 덕일 게다. 신부님 말대로 죽어라고 기도하고 묵상했더니 어느 정도 마음의 안정을 찾아간 때문인지 모른다.

그랬다. 그 뒤부터 나는 일단 험악한 꿈자리에선 벗어났다. 하지만 꿈은 밤마다 계속되었다. 다만 꿈의 내용, 종류가 바뀌었을 뿐이다. 끔찍한 꿈자리가 자취를 감춘 반면 뭔가에 쫓기고 헤매는 꿈을 많이 꾸게 된 것이다.

자욱한 안개 속에서 걸핏하면 나는 길을 잃었다. 어디선가 뭐하는 거예요, 이쪽으로 오지 않고, 소녀의 목소리가 틀림없다고 생각한 나는 소리가 들린 쪽으로 기다시피 더듬어 간다. 하지만 아무리 더듬고 기어가도 소리 나는 데가 저 멀리 있을 뿐 가까워지지 않았다. 마치 미로에 빠진 듯 답답하고 갑갑한 나는 참다못하고 냅다 고함을 질렀다.

"나와, 숨지 말고 나오란 말이야!"

내 목소리에 스스로 놀라 잠을 깨면 꿈일 때가 많았다. 다른 건 생각나지 않았다. '숨지 말고 나오라'는 내 목소리만 또렷하게 귀에 쟁쟁했다. 어딘지 숨어 있을 소녀가 나를 골탕 먹이기 위해 일부러 그런다는 생각이 자꾸만 머리를 맴돌았다.

'오, 하느님! 제발 오갈 데 없는 소녀가 마음 다잡고 집에 돌아오도록 인도해주십시오! 진짭니다, 하느님. 저는 한 번도 소녀를

여자로 느껴본 적이 없습니다. 믿어주십시오, 하느님!'

나도 모르는 사이 끝내 그 말을 입 밖으로 내뱉고 말았다. '소녀를 여자로' 느낀 적이 없다는 그 말−. 사실이다. 다시 한 번 다짐하지만 죽었다 깨어나도 나는 소녀를 여자로 생각한 적이 없다. 진실로 말 하느니, 지금 내게는 혈육의 정이 몹시 그리울 뿐이었다.

하지만 나는 소녀가 집을 나가 돌아오지 않은 이유를 자꾸 그쪽으로 돌리려 들었다. 나의 진심보다 진심을 앞세운 컴컴한 속내를, 소녀는 위험으로 받아들인 게 틀림없다고. 그렇지 않고야 세상물정, 인심을 어느 정도 접해 본 소녀가 그처럼 경계심을 놓지 않을 리 만무하지 않은가.

내 행동거지를 돌이켜 본다. 혹여 소녀에게 의구심을 일으킬 만한 짓을 한 적이 있는가, 하고. 하지만 생각하고 또 생각해도 맹세코 소녀의 경계심을 자극할 만한 언행이 떠오르지 않는다. 오히려 지나치리만큼 간섭하지 않은 게 역효과로 나타난 건 아닐까?

그 점에 대해선 신부님도 우려한 적이 있다. 가뜩이나 의심이 많은 소녀가 아닌가. 지나친 친절, 분에 넘친다 싶은 자유는 자칫 환심을 끌려는 '수작'으로 받아들일 수도 있다며 신부님은 이렇게 충고하기를 잊지 않았다.

"너무 베풀지만 말란 말이야. 이것저것 간섭을 좀 하라고. 잘못한 게 있음 적당히 나무라기도 하고. 그래야 가족애 같은 걸 자연스럽게 느낄 수 있는 거 아니겠어!"

나는 왜 진작 그걸 깨닫지 못했을까, 후회한다. 소녀가 돌아오기만 하면 신부님의 말마따나 친 남매처럼 잘못이 있으면 나무라고 야단치는 오라버니가 되겠다고 다짐도 한다.

근데, 영영 안 돌아오면? 나는 다시 초조해진다. 신부님은 꼭 돌아올거라며 차분하게 기다리라지만 내 마음은 그러지 못한다. 소녀가 돌아오지 않을 거라는 방정맞은 의문에 휩싸일 뿐 아니라, 돌아오지 못한 이유까지 구체적으로 머리에 그려지지 않은가. 십중팔구 큰 사고를 당하지 않았다면 소녀가 카드를 20만 원밖에 쓰지 않을 리 만무하지 않을까.

그날 밤도 나는 초저녁, 잠깐 토끼잠에서 깬 뒤 내내 뜬 눈으로 바깥 기척에 귀를 기울였다. 소녀의 발걸음 소리가 들리지 않을까, 온통 신경을 곤두세운 채.

신부님의 말씀대로 소녀가 돌아올 거라는 희망은 어느새 내 마음에 굳세게 자리 잡고 있었다. 그래, 소녀는 분명 '사람의 아들'(마태오복음 24-44)처럼 불쑥 나타날지 모른다. 내가 깜박 잠에 빠져있다면 그런 낭패일 수 있을까. 나는 얼른 자리를 차고 일어선다. 그리고 쏜살같이 밖으로 뛰쳐나간다. 뛰쳐나가며 방문이고 현관문, 대문을 활짝 열어 젖히는 것을 잊지 않았다.

하늘엔 구름이 잔뜩 덮여서일까. 별빛이라곤 눈을 씻고 살펴봐도 찾아볼 수 없다. 오직 정막과 어둠만이 짙게 깔려 있다. 소녀가 나타난다 해도 금방 식별이 어려울 만큼 칙칙한 밤이다. 미세한 기척도 놓칠세라 나는 더욱 귀를 쫑긋, 눈을 부릅뜨고 사방을 두리번거렸다.

어둠 속을 서성대며 나는 소녀가 집에 와서 처음으로 마음을 열었던 일을 생각한다. 전혀 경계심을 풀지 않던 소녀가 어느 날 아침, 밥상까지 차려놓고 "차린다고 차려봤는데요, 입에 맞을지 모르겠네요." 배시시 웃던 그 모습이, 새삼 적막과 어둠 속의 내 눈앞에 달덩이처럼 환하게 떠올랐다.

나는 소녀의 심성을 믿고 싶었다. 무슨 일이 있어도 소녀가 돌아올 거라는 확신을 저버리고 싶지 않았다. 무엇보다 손에 쥐어준 카드를 마구 쓰지 않은 것부터가 그랬다. 나쁜 마음을 먹었다면 소녀가 카드를 그 정도만 긁었겠는가.

그때다. 칠흑 같은 어둠 속에서 뭔가 귀에 걸린다. 사람의 발자국 소리 같기도 하고, 딱딱한 쓰레기가 구르는 소리 같기도 한 파열음. 나는 본능적으로 기척에 민감한 고양이 눈을 해갖고 소리 나는 쪽을 향해 온 신경을 한데 모아 귀를 세웠다.

하지만 그뿐이다. 아무리 인내심을 갖고 기다려도 눈에 잡히는 게 아무 것도 없다. 신경과민일까? 그럴까? 극도로 피로한데다 반드시 소녀가 나타날 거라는 희망이 잠시 환청을 불러들였는지 모른다.

잔뜩 잡아당긴 활시위를 놓쳐버린 듯 긴장이 풀리자 갑자기 졸음이 몰려온다. 그렇게 불면으로 시달려온 눈꺼풀이 왜 이리 무거워지는 걸까. 아, 잠들면 안 되는데, 깨어있어야 소녀가 나타나면 달려가 안아주든지 말든지 할 게 아닌가.

아, 신부님. 제발 제 눈꺼풀에 달린 이 무거운 추를 좀 떼어줄 수 없을까요? 지금은 잠들고 싶지 않아요, 신부님. 깨어있고 싶어요, 신부님. 신부님 말씀대로 소녀가 틀림없이 돌아온다면 당연히 저는 깨어있어야 하지 않을까요, 신부님!

근데 왜 그런다죠, 신부님? 점점 깊은 수렁에 빠진 듯 잠속, 잠속으로 끌려가고 있으니 말예요, 이러다 꼴깍, 숨 넘기듯 잠이 들어버리면 어떻게 한다죠, 신부님? 아, 눈을 감고 싶지 않아요, 결코. 죽는 한이 있어도 눈만은 감을 수 없어요, 결단코. 깨어있고 싶어요, 신부님. 깨어있어야 한다고요, 신부님. 깨어있어야만 한다니까요, 신부님. 아아, 하느님….

마리의 아베 마리아

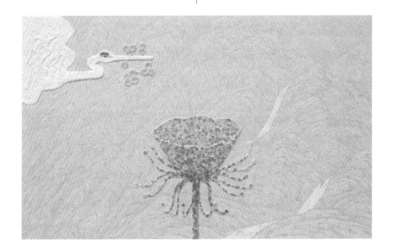

기섭이 드디어 만나자는 전화를 해왔다.

 마리는 외출복으로 갈아입고 기섭이 만나자는 장소로 가기 위해 서둘러 집을 나섰다. 발걸음이 왜 그리 가벼운지 몰랐다.

 그렇지 않아도 마리는 기섭에게 전화를 걸까 말까 망설이던 참이었다. 어느 날 기섭이 전화를 걸어와 기습적으로 결별을 선언한 지 어느새 보름. 그 새 마리는 하루도 기섭의 어떤 후속타를 기다리지 않은 날이 없었다. 당황하고 괘씸하기조차 한 건 뒷전이고 마리가 궁금한 건 뻔했다. 왜 기섭이 그처럼 갑자기 결별을, 그것도 면전이 아닌 전화통화를 통해, 마치 재판관이 선고하듯 헤어지자, 일방적으로 통고해야 했는지 그게 무엇보다 불편하고 의아스러웠다.

 평소에도 기섭은 좀 엉뚱한 데가 없는 건 아니다. 언젠가 기섭은 영화 관람권 두 장을 샀다며 갑자기 영화관 앞으로 나오라고 한 적이 있다. 하지만 정작 기섭은 약속장소에 그림자도 얼씬하지 않았다. 끝내 코빼기도 안 보인 그는 그 뒤에도 이렇다 할 변명 없이 그 일을 덮어버린 채 그냥 지나쳐버렸다.

그 뒤 기섭은 마리를 만난 자리에서도 그날의 함흥차사에 대해 사과는 커녕 입도 뻥긋하지 않았다. 참다못한 마리가 슬그머니 어떻게 된 거냐, 그날의 일을 들먹이자 기섭은 오히려 그날에 무슨 일? 눈을 치뜨고 무슨 뚱딴지같은 소리냐는 표정을 지었었다. 그만큼 기섭의 건망증은 중중이었다.

요즘 마리는 솔직히 기섭과 만날 적마다 문득문득 잘못된 인연이 아닐까, 회의를 떨쳐내지 못했다. 기섭과의 불안한 관계, 살얼음 위를 걷는 듯 아슬아슬한 줄타기를 언제까지 계속해야 하나, 자문自問, 자책自責할 때도 적잖았다.

마리는 어쩌면 기섭이 먼저 결별선언을 해온 게 잘된 일인지 모른다는 생각이 들었다. 그렇지 않고야 지금, 기섭을 만나러 가는 발걸음이 이처럼 가벼울 수 있을까 싶었다. 그래, 이 기회에 기섭을 청산하자….

그날은 유난히 무더웠다. 약속한 무교동 카페에 들어간 마리가 막 자리에 앉으려는데 기섭도 헐레벌떡 땀범벅이 되어 들이닥쳤다. 평소에도 기섭은 땀을 많이 흘렸다. 하물며 몇 십년만인가에 찾아온 폭염이다. 기섭이 땀으로 목욕을 할 만큼 젖지 않고 배길 리 만무하다.

"커피, 안 시켜요?"

마리가 먼저 입을 열었다. 할 말이 있다며 급히 만나자고 한 건 기섭이었다. 하지만 기섭은 입을 다문 채 연신 얼굴에 흐르는 땀만 닦는데 정신이 팔려 있었다.

"찬 걸로 시킬까요?"

"아냐. 뜨거운 걸로."

단호히 기섭은, 늘 그랬던 것처럼 핫 쪽을 택했다. 도무지 찬 게 질색인 기섭은 아무리 더워도 아이스커피를 시킨 일이 없었다. 맥주마저도 마지못해 마셔야할 때는 냉장되지 않은 마지근한 거품만 홀짝댔다.

"어렸을 적부터지. 찬 것 때문에 배앓이를 한 뒤부턴, 찬 게 들어갔다 싶으면 줄줄 새지 뭐야."

기섭의 냉한현상은 어찌 보면 체질적인 건지 모른다고 마리는 생각했다. 위와 장뿐이 아니다. 기섭의 성격자체도 다분히 냉소적인 편이었기 때문이다. 도무지 상대에 대한 배려가 없을 뿐더러, 설령 긍정적인 상황에 부닥쳐도 기섭의 입술은 늘 조소嘲笑로 젖어있는 것을 수없이 마리는 옆에서 지켜본 것이다.

그렇다. 외형적인 기섭은 머리끝에서 발끝까지 온기, 따뜻함을

70

느끼기 힘든 사람이다. 하지만 어느 순간, 기섭은 펄펄 끓는 용광로로 변해버릴 때도 있다. 일단 열에 닿으면 그 누구도 못 말리는 열혈한이 돼버리는, 어떻게 보면 두 얼굴을 가진 남자인 셈이다.

기섭의 성격은 한마디로 극과 극이었다. 언제 맑은 하늘에 날벼락이 떨어질지 모를 만큼 변덕은 말할 것 없고, 심술 또한 심해 시쳇말로 냉온탕체질이라는 게 가장 가까운 말인지 모른다.

마리와의 관계만 해도 그랬다. 마리를 집요하게 쫓아다닌 건 기섭이었다. 마리가 마음을 열지 않으면 금방 숨이 넘어갈 듯싶은 기섭은, 정작 마리가 마음을 바꾸고 돌아선 마당에 어느 날 갑자기 결별선언까지 하지 않았는가.

기섭이 죽자 살자 쫓아다닐 때만 해도 마리는 이미 딴 남자와 약혼 중이었다. 그 사실을 알면서도 기섭은 쉽게 물러서지 않았다. 마리가 약혼한 몸이라는 건 안중에도 없다는 듯 물불 가리지 않고 구애해왔다. 종래는 기섭이 어떤 술수를 동원했는지 마리의 약혼자가 스스로 마리를 단념하고 조용히 물러서도록 한 것이다. 그런 기섭이 이제 와선 또 마리 곁을 떠나겠다고 저 야단이다. 마리는 도무지 기섭의 변덕을 어떻게 받아들여야할지 기가 막혔다. 보통 자존심이 상하는 게 아니었다.

마리는 기섭의 돌변을 도저히 곱게 넘길 수 없다고 생각했다. 무슨 연유인지는 알고 싶었다. 오늘은 무슨 일이 있어도 그 이유를 기섭의 입을 통해 직접 들어야겠다고 마리는 단단히 벼렸다.

"속 시원히 털어놔요? 도대체 헤어지자는 그 이유가 뭐예요?"

"…."

기섭은 듣는 척도 안 한다. 멍하니 허공에 시선을 꽂은 채 연신 흐르는 땀을 훔쳐낼 뿐이었다.

"계속 묵비권으로 버틸 건가요?"

"아냐, 그건 아니고 더위를 좀 식히고 있을 뿐이지…."

마리는 더 이상 채근하지 못한다. 답답하고 괘씸하지만 한편 그런 기섭이 측은했기 때문이다. 어느 정도 더위를 식힐 때까지 기다리자니 마리의 속은 한낮 아스팔트처럼 부글부글 끓었다.

기섭은 마리가 처음 만났을 때만해도 그러지 않았다. 지금처럼 술에 물 탄 듯, 물에 술 탄 듯 애매모호한 그런 성격이 아니었다. 적극적이고 대담했다. 은근슬쩍 넘어가는 유머감각도 있었다.

마리는 처음 기섭을 만났던 지하철역이 생각났다. 서둘러 플랫 폼을 빠져나오던 마리는 그만 웬 남자의 발등을 밟았다. 서슴없이 마리는 허리를 굽혀 정중히 사과하는 걸 잊지 않았다.

"사과를 한다고 해결될 문젠가요, 이게."

남자는 의외로 세게 나왔다.

"네에?"

당황한 마리는 허리를 펴고 남자의 얼굴을 올려다봤다. 한데 남자의 표정은 세게 나온 것과는 사뭇 달랐다. 조금도 화가 난 표 정이 아니었다. 오히려 감미롭기까지 한 미소를 유감없이 날리고 있었다.

"어때요, 사과하는 뜻으로 커피 한잔 할 의향은?"

그런 남자가 기섭이었다. 그리고 마리는 계속된 그의 적극적 구애의 올가미를, 약혼까지 한 남자를 등지고 뒤집어쓰고 만 것이다.

"뭘 망설이는 거죠? 속 시원히 털어놓으면 될 걸."

주저하는 기섭을 보자 마리는 더욱 화가 치민다. 마음 같아선 그 무심한 기섭의 얼굴을 마구 할퀴고 싶도록 밉고 또 밉다.

"알았어, 말 할게. 일단 격한 감정부터 좀 갈앉히라고."

"도대체 이유가 뭐예요? 갑자기 내가 싫어진 건가요? 아님, 하느님의 계시라도 있었던 거예요?"

말해 놓고 마리는 뜨끔했다. 하필이면 그 순간, 왜 신성한 하느님의 계시를 들먹였을까 후회스러웠다. 게다가 기섭은 하느님을 믿기커녕 조롱을 일삼던 인물이 아닌가.

"하느님의 계시?"

갑자기 기섭의 표정이 밝아졌다. 침묵으로 일과해온 입도 터졌다.

"그래, 그게 계시 같은 것일 수도 있겠군. 하느님의 계시는 아니지만 어느 날 밤, 누군가 내게 속삭였어. 아니 준엄하게 꾸짖었다는 게 옳겠군. 너는 누구도 사랑할 수 없다, 너는 누구도 사랑해선 안 된다고. 솔직히 그 꾸짖음에 솔깃 안 할 수 없었어. 괴로웠던 나는!"

"잠꼬대 하는 거예요, 지금? 꿈을 꾸고 있는 거냐고요?"

마리는 악에 받친 듯 냅다 소리를 질렀다. 그럴수록 기섭은 이상하리만치 침착했다.

"누구죠, 속삭이는, 아니 꾸짖은 그 누군가가? 하느님 같은 존잰가요?"

"적어도 내게는."

"도대체 그게 누구냔 말예요?"

"키에르케고르!"

"키에르케고르?"

"『죽음에 이르는 병』을 쓴 덴마크 출신의 유명한 철학자야. 실존철학의 선구자지."

마리는 자리에서 벌떡 일어섰다. 우문우답을 하고 있다는 생각이 번쩍 머리를 스쳤다. 무엇보다 마리는 실존철학의 선구자라는 키에르케고르를 잘 몰랐다. 그게 좀 창피했지만 왜 하필 기섭이 자기가 알 턱없는 사람을 들먹였는지, 마리는 그게 더 괘씸하게 생각됐다. 결별선언에 대한 자기변명이 그처럼 궁색했던 걸까?

카페를 나온 마리는 즉시 길 건너 광화문 교보문고로 달려갔다. 키에르케고르를 모른다는 게 견딜 수 없도록 수치스러웠다. 당장 실존철학의 선구자가 어떤 인물이라는 걸 알고 싶기도 했지만, 그 철학자를 앎으로써 기섭의 돌연한 결별선언에 대한 수수께끼가 풀릴 수 있다는 기대도 없지 않았다.

교보문고에 들어서자 댓바람에 철학코너를 찾았다. 니체, 쇼펜하우어, 마키아벨리 등의 이름은 쉽게 눈에 띄었다. 대학을 다닐 때나 사회생활을 하는 동안에도 어렵지 않게 듣고 접해본 이름이었기 때문이다.

키에르케고란 이름은 마리에겐 좀 생소했다. 진열장에서도 그 이름은 쉽게 눈에 띄지 않았다. '죽음에 이르는 병'이란 큼직한 제목의 책을 진열장에서 꺼내보고서야 그게 바로 마리가 찾았고 기섭이 들먹거린 박병덕 옮김, 키에르케고르의 저작서책임을 확인했다.

마리는 서있는 채 망설임 없이 책을 펼쳤다. 그리고 책 첫머리에 나온 '키에르케고르의 생애와 사상'이란 해설문을 단숨에 읽었다. 읽어가는 도중 마리는 기섭이 어째서 자기 곁을 떠나려했는지, 그 까닭이 손에 잡힐 것 같은 기분에 사로잡혔다. 마리는 곧장 손에 들려있는 책을 계산대로 달려가 사들고 급한 걸음으로 교보문고를 빠져나갔다. 택시를 집어타자 집으로 향했다.

마리는 솔직히 실존철학을 단숨에 아는 건 어려우리라 여겼다. 하지만 '죽음에 이르는 병'이란 제목은 현대인, 불안을 밥 먹듯 안고 사는 사람들에겐 솔깃한 주제라는 것쯤 대충 짐작이 갔다. 대체 무어가 우리를 죽음으로 내몰고 있는가, 한번쯤 생각해볼만한 명제이지 싶었다.

기섭이라고 예외일리 만무했다. 더구나 기섭은 철학적 사유思惟에 매달린 사람이 아닌가. 목회자가 되기를 그토록 바라는 목사 아버지를 등지고 자유분방한 상상력의 길을 택한 기섭은 자기 나름의 사변적思辨的 성향 때문인지 도무지 하느님, 신을 우습게 여기는 경향이 있었다. 걸핏하면 신은 죽은 지 오래다! 떠들어댈 만큼. 그 바람에 천주교 신자인 마리는 성당에 발길을 끊고 엉거주춤해 있는 상태였다.

집에 도착한 마리는 얼른 사가지고 간 『죽음에 이르는 병』을 펼쳤다. 그리고 '키에르케고르의 생애와 사상'이란 해설문을 다시 읽기 시작했다. 어쩌면 키에르케고르의 생애에서, 기섭의 돌연한 결별선언의 수수께끼도 풀릴 수 있다는 기대가 전류처럼 몸에 휘감겼다.

키에르케고르는 7남매 중 막내로 그의 아버지가 하녀를 찝쩍대서 얻은 아들이라던가. 유복한 가정, 엄격한 아버지의 기독교적 보살핌에서 재치 있는 소년으로 성장하지만, 철학적 사유 탓인지 신체적으로 허약했으리라는 게 대충 짐작이 갔다.

24살 때 키에르케고르는 레기네라는 여성과 사랑에 빠진다. 그런데 그녀에겐 이미 약혼한 남자가 있다. 개의치 않은 키에르케고르는 적극구애를 펼쳐 끝내 레기네의 마음을 돌려놓는데 성공한다. 하지만 이듬해, 뚜렷한 이유를 밝히지 않은 채 키에르케고르는 레기네와의 약혼을 일방적으로 파기한다.

거기까지, 어쩌면 판박이랄 만큼 기섭과의 관계와 닮은꼴이라는데 마리는 적이 놀랐다. 하지만 마리는 곧 답답함을 느꼈다. 전기傳記 어디에도 키에르케고르가 왜 약혼을 일방적으로 파기했는지가 밝혀지지 않았기 때문이다. 다만 후학들의 연구에 따르면 어렸을 적부터 허약체질인 키에르케고르가 기실 꼽추였다….

순간, 마리는 긴장했다. 하지만 이내 마리는 고개를 가로 저었다. 정신적으론 몰라도 외형적, 신체적으로 기섭은 너무 멀쩡했기 때문이다. 아니, 마리의 의문이 다시 고개를 들었다. 어쩜 기섭이 밝힐 수 없는 불치의 병을 앓고 있는 건 아닐까? 기섭이 키에르케고르로부터 거역할 수 없는 동병상련同病相憐을 느꼈다면, 분명 말 못할 병으로 고통 받고 있을지 모른다는 생각이 퍼뜩, 마리의 머리를 스쳤다.

폰 벨소리에 마리는 짐짓 눈을 떴다. 그 사이 설핏 잠이 든 모양이었다. 꿈속에서 미로를 헤매는데 누군가 휙 낚아채는 바람에 번쩍 정신이 들었다.

"마리 양인가요?"

점잖고 어딘가 세련미 풍기는 목사 투의 목소리.

"네, 제가 마리, 오마리인 거 맞는데요, 누구신가요?"

하지만 마리의 말투는 좀 까칠했다.

"나로 말하면 기섭의 애비로⋯." 잠시 머뭇대던 기섭의 아버지는 곧 나머지 말을 마저 했다. "긴히 할 얘기가 있는데 만나볼 수 있을까 해서⋯."

마리는 망설일 까닭이 없었다. 가뜩이나 가족관계가 궁금했을 뿐 아니라 기섭이 갑작스럽게 결별선언을 한 수수께끼조차 풀리지 않는 상태였다. 왜 진작 기섭의 아버지를 만나볼 생각을 안했는지, 마리는 새삼 후회스럽기까지 했다.

그동안 기섭은 가족관계에 관한 한 입도 뻥긋하지 않았다. 어쩌다 물을라치면 차츰 알게 돼, 그뿐이었다. 그래도 아버지는 만나 봐야 하지 않을까, 의중을 떠보기 무섭게 기섭은 쳇, 만나봤자 설교듣기에 짜증날 걸, 그렇게 싹둑 말을 자르는 그의 입술에 조소가 번지는 것을 보았다. 그 조소를 떠올린 마리는 아까와 달리 기섭의 목사아버지를 만나는 게 좀 껄끄럽다는 생각도 들었다.

하지만 기섭의 아버지는 긴히 할 얘기가 있다지 않은가. 껄끄럽긴 해도 의문투성이의 아들을 좀 더 알아보기 위해서라도 목사아버지를 애써 피할 이유가 없다고 마음을 고쳐먹은 마리는 서둘러 외출복으로 갈아입고, 기섭 아버지와 약속한 장소로 가기 위해 재빨리 밖으로 빠져나왔다.

시간은 넉넉했다. 하지만 마리는 택시가 앞을 지나자 망설이지 않고 손을 들어 집어탔다. 마리는 꼭 누군가에 쫓기는 기분이었다.

도심지에서 좀 벗어난 데서일까. 만나기로 한 카페는 좀 한산했다. 마리는 카페에 들어서자 금방 기섭의 아버지를 알아봤다. 낮이 익어서는 아니었다. 다른 손님이 별로 없는데다 구석진 테이블에 근엄한 자세로 앉아있는 게 천생 구도자의 모습이었다. 마리는 서슴지 않고 그 앞에 가서 털썩 주저앉았다.

"빨리 온다고 왔는데….."

"아냐, 나도 이제 금방 왔어요. 나와 줘서 고마워요."

"기섭 씨에게 무슨 일이라도?"

마리는 조급증을 짓누르지 못했다.

"보통 큰 변고가 생긴 게 아니라오."

기섭 아버지의 깊은 한숨에서 그 변고가 예사롭지 않다는 게 물씬 묻어났다.

"큰 변고요?"

"저렇게 기를 쓰고 죽으려 하니….."

"기섭 씨가 자살을요?"

"나라도 그런 몹쓸 병에 걸리면 죽고 싶었을 게요."

기섭의 아버지는 다시 길게 한숨을 내쉬었다. 마리는 불쑥, 아무리 하느님의 종이라지만 자식에 관한 한 목사아버지도 별 수 없는 여느 부모와 다를 게 없다는 생각이 들었다.

"불치병이라도 걸린 건가요?"

"불치병이라기보다 난치병이지. 참 희한한 병도 다 있더구먼. 나무껍질 같은 사마귀가 온몸이나 손발에 다닥다닥 붙어 자란다지 뭐요. 생각해 보구려. 걘들 그런 해괴망측한 모습을 하고 살고픈 마음인들 나겠어요."

한껏 격앙된 기섭 아버지의 목청이 카페에 울려 퍼졌다. 순간, 얼마 안 되는 손님들의 시선이 일제히 달라붙었다. 하지만 한번 힘이 들어간 기섭 아버지의 목소리는 주위의 시선 같은 건 아랑곳없었다. 카랑카랑한 톤으로 하려던 말을 마저 쏟아냈다.

마리가 기섭의 아버지와 헤어지고 카페를 나올 때, 어느새 해는 서녘으로 기울고 있었다. 거리는 퇴근하는 직장인들의 발걸음이 점점 불어나는 듯 북적였다.

마리는 기가 막혔다. 기섭이 그런 해괴망측한 병에 걸린 것도 충격이지만 자살을 기도했다는 게 더욱 마음을 어둡게 했다. 마리가 아는 한 기섭은 신을 조롱할 만큼 강인한 정신력을 가졌다. 스스로 목숨을 끊으려 했다는 건 그 몹쓸 병에 대한 기섭의 충격이 얼마나 컸는지를 능히 짐작하고 남았다.

하지만 마리의 마음을 더더욱 무겁게 한 건 카페를 나올 때 기섭의 아버지가 남긴 말이었다.

"기섭의 생사는 오직 그쪽의 손에 달렸어요. 이렇게 부탁할 게요, 제발 하나밖에 없는 아들을 살려줘요, 제발…, 흐흠…."

기섭 아버지의 떨리는 목소리는 쫓기는 산짐승의 울부짖음을 방불케 했다. 신의 대리인이라는 것도 까마득히 잊은 듯 그의 아버지는 마리 앞에 오직 어버이의 벌거숭이로 돌아가 있었다. 그렇듯 애절하고 처절한 아버지의 모습이 자꾸만 마리의 발걸음에 밟히는 게 아닌가.

기섭이 앓고 있는 병은 '나무인간 증후군(tree man syndrome)'이란, 진짜진짜 듣도 보도 못한 몹쓸 병이었다. 그 사례가 전 세계에 대여섯 건밖에 보고되지 않을 정도로 희귀할 뿐 아니라 해괴망측하기까지 하다고 마리도 생각했다.

기섭이 어쩌다 그런 몹쓸 병에 걸렸을까, 마리의 눈앞에 기섭의 절망하는 모습이 선하게 떠올랐다. 기섭이 왜 그처럼 돌연한 결별선언을 했는지도 비로소 알 듯싶었다. 결별선언을 한 이유를 다그칠 때 뜽딴지 같이 키에르케고르와 그의 저서 『죽음에 이르는 병』을 들먹였는지도 마리는 그제야 짐작이 갔다.

그렇다. 기섭은 해괴망측한 병에 걸린 걸 알자 거역할 수 없는 절망과 맞닥뜨렸을 게 분명하다. 그리고 죽고 싶었던 건 물론, 키에르케오르가 레기네와의 약혼을 파기하듯 입술을 깨물고 마리와의 결별을 결심했을 것이다. 실제로 기섭의 일기에 그런 괴로움이 적혀있었고, 끝내 몹쓸 병을 숨긴 채 죽기를 각오한 것 같다고 기섭의 아버지는 심통한 어조로 아들의 고통을 전하지 않았는가. 그의 아버지가 마리의 존재를 안 것도 몰래 훔쳐본 아들의 일기장 때문이었다던가.

키에르케고르는 '절망'을 죽음에 이르는 '병'이라 했다. 하지만 죽을래야 죽을 수 없는 병, 절망을 '인간의 자아가 신을 떠나서 신을 상실하고 있는 상태'라지 않았던가. 키에르케고르의 주장대로라면 기섭의 절망은 '신의 부재'로 인한 것일 수 있다는 생각에 미치자 마리는 갑자기 가슴이 뛰고 막연하나마 기섭을 살릴 수 있는 길이 있을 것도 같았다.

하지만 곧 마리는 높다란 벽이 앞에 가로막는 것을 깨달았다. 신을 믿기커녕 조롱하기를 즐겨온 기섭이었다. 그만큼 그의 주의 주장과 사고를 바꾼다는 것, 마음먹은 대로 돌려놓기가 하늘의 별 따기처럼 어렵다는 것을 마리는 누구보다 잘 알고 있었다.

마리는 앞이 캄캄했다. 왜 그리 막막한지 몰랐다. 기섭이 불신해온 신을 쉽게 받아들일 것 같지 않자 더욱 마리는 조급함에 쫓겼다. 목이 바짝바짝 타들었다. 결국 기섭이 죽는 것을 바라보고만 있어야 한단 말인가….

마리는 키에르케고르가 레기네와의 약혼을 파기한 뒤 쓴 일기의 한 구절이 떠올랐다. '약혼을 파기한 날로부터 나의 베개는 밤마다 젖었다.' 절망에 빠진 기섭의 눈물과 고통을 왜 진작 눈치 채지 못했는지 마리는 숨이 다 컥컥 막혀왔다.

그의 아버지는 기섭이 앓고 있는 '나무인간 중후군'은 희귀병, 난치병일망정 결코 불치병은 아니라 힘주어 말했다. 인유두종 바이러스가 생식기 내부에서 생기는 건 생사여부가 불투명하지만, 기섭의 경우처럼 바이러스가 피부표피에 감염되면 겉으로 나타난 증세가 끔찍할 뿐 완치도 가능하다는 것. 그의 아버지가 기섭을 죽이고 살리는 게 마리의 손에 달렸다고 은근히 압박해온 것도 본인의 결심여하에 따라 얼마든지 나을 수 있는 병이라는 확신 때문인 게 분명했다.

　문제는 기섭의 의지에 달렸다. 이미 절망한 끝에 죽기를 결심한 기섭이 아닌가. 눈물을 머금고 결별선언을 한 기섭이, 애걸복걸 설득한다고 쉽게 돌아설 수 있을지 솔직히 마리는 의문스러웠다. 차라리 이참에 멀찌감치 기섭으로부터 도망가는 게 상책이란 생각도 불쑥 치민다. 하지만 금세 자식을 살리고 싶은 기섭 아버지의 애절한 모습이 마리의 눈앞을 괴롭혔다. 마리 또한 기섭의 절망을 나 몰라라 돌아설 약삭빠른 위인이 못 되었다.

　마리는 한껏 움츠려든 어깨를 펴고 새삼 눈에 들어온 거리를 바라본다. 하루 일과를 끝내고 쏟아져 나온 사람들, 그 발걸음에 왠지 활기가 느껴지지만 마리의 마음은 여전히 뭔가 채워지지 않은 듯 허전하다. 언뜻 눈에 간판 하나가 마리의 발걸음을 붙잡았다. '지상에서 영원으로', 스탠드바의 간판치고는 노스탤지어가 물씬 풍겼다. 마리는 빨리듯 빠른 걸음으로 지하계단을 내려갔다.

그다지 넓지 않은 홀은 이른 초저녁이어서인지 썰렁하다. 스탠드 안쪽에 바텐더인 듯싶은 남자가 좀 뜨악한 얼굴로 숨차게 들어선 마리에게서 눈을 떼지 못한다.

"술 마시긴 좀 이른 시간인가요…."

어색한 분위기를 눈치 챈 마리가 자리에 걸쳐 앉으며 얼른 너스레를 떨었다.

"혼자신가요?"

"물론, 혼자죠."

마리는 애써 혼자라고 강조한 자신이 좀 우스웠다. 바텐더인 남자 역시 말대꾸대신 멋쩍게 웃었다.

"뭘 마시죠? 좀 취하고 싶은데."

"술은 뭐든 마시면 다 취해요. 주량이…?"

"소주 한두 잔 정도죠, 뭐."

"맨해튼, 어떠세요?"

"맨해튼?"

"마티니가 남성칵테일의 왕이라면 맨해튼은 여성칵테일의 여왕으로 통하죠. 도수도 소주보다 높은 32도쯤 되고요."

"그걸로 주세요."

목이 말랐던 때문일까. 천천히 음미하며 마셔야하는 칵테일을 순식간에 들이킨 마리는 한 잔을 더 시켰다. 다시 시킨 맨해튼도 두 번에 걸쳐 후루룩 마셔버린 마리, 세 번째 주문한 술잔을 앞에

놓고야 취기가 오른 듯 몸이 꼬이며 갑자기 조용한 실내가 적막하고 답답했다.

"뭐, 음악 같은 거 좀 들을 수 있을까요?"

바텐더는 아무 말 없이 마리의 표정을 찬찬히 살핀다. 어떤 심정으로 음악을 듣고 싶은가를 헤아리는 듯. 그리고 한참 뒤 음악이 흘러나왔다.

어? 마리는 귀를 쫑긋 세웠다. 그 멜로디가 낯설지 않았다. 구노의 '아베 마리아'가 전주에 이어 바로 조수미의 소프라노 열창으로 불려지고 있지 않은가.

순간, 마리는 묘한 동요를 느끼며 자기도 모르게 성모송을 중얼대고 있었다. '은총이 가득하신 마리아님, 기뻐하소서! 주님께서 힘께 계시니 여인 중에 복되시며, 태중의 아들 예수님 또한 복되시나이다. 천주의 성모 마리아님, 이제와 저희 죽을 때에 저희 죄인을 위하여 빌어주소서. 아멘' 그동안 까마득히 잊어버린 줄 알았던 성모송을 조금도 막힘없이 외웠다.

마리는 어렸을 때부터 부모님을 따라 성당에 다닌 천주교 신자였다. 마리라는 이름도 생전의 아버지가 무슨 까닭인지 '마리아'라는 세례명에서 끝의 '아'를 떼어내고 발음그대로 馬利라는 한자명을 붙여줬다. 하지만 무신론자인 기섭을 알고부터 성당의 문턱을 넘기 껄끄러워진 마리는 흐지부지 발길을 성당에서 끊었을 뿐아니라 어느새 성호를 가슴에 긋는 것조차 잊어버렸다

구노의 '아베 마리아'가 끝나자 마리는 이상하게 가슴이 들먹거렸다. 술기운 때문일까? 아니, 머리도 좀 뒤숭숭해지나 싶더니 몸뚱이가 그만 허공에 두둥실 떠다닌다. 그동안 성당을 멀리했던 죄책감이 한꺼번에 몰려온 걸까. 가슴까지 답답해진 마리는 연신 뭐라고 중얼대며 안절부절, 몸을 제대로 가누지 못했다.

"어디, 불편하세요? 얼굴이 왜…."

갑자기 창백해진 마리의 얼굴을 보다 못한 바텐더가 다급하게 물었다.

마리는 대답대신 주섬주섬 핸드백을 뒤졌다. 그리고 지갑을 꺼내 말없이 카드를 내밀었다. 심상찮음을 느낀 바텐더의 손도 재빨랐다. 다시 카드와 영수증을 돌려받은 마리는 말을 잊은 듯 자리를 박차고 일어섰다.

"괜찮겠어요, 손님? 구급차라도 불러드릴까요?"

마리는 바텐더의 걱정일랑 흘려버린 채 서둘러 지하를 벗어났다.

휘황찬란한 불빛과 레온사인이 어둠을 어루만져 주는 거리, 거리에 나온 마리는 우선 심호흡부터 늘어지게 했다. 비로소 두둥실 떠다니는 기분이 다소 갈앉았다. 그렇듯 답답한 가슴이 편해지면서 무심코 마리는 뇌까렸다. '나는 결코 알리사가 되지 않을 거야.'

왜 갑자기 이 순간, 알리사를 떠올렸는지 마리는 좀 당황스러웠다. 여고시절, 아니다. 안드레 지드의 『좁은 문』을 읽은 건 대학시절이었다. 밤새 소설을 읽고 난 뒤 책을 내동댕이쳤던 기억은 오래오래 마리의 머리에서 지워지지 않았었다.

안타까움 때문이었다. 지상에서 제롬과의 사랑을 포기하고 양로원에서 쓸쓸한 생을 마친 알리사, 나약하기 이를 데 없는 알리사가 그때, 왜 그리 속을 뒤집어 놓았는지 몰랐다. 마리는 언뜻, 결코 기섭에게서 벗어날 수 없는 자신을 보았다.

마리는 불현듯 기섭이 보고 싶었다. 아니, 당장 기섭을 만나야 한다는 생각이 들었다. 재빨리 핸드폰을 꺼내든 마리는 그의 폰 번호를 찍고 신호를 기다렸다. 하지만 신호는 계속 가고 있으나 받을 낌새가 전혀 느껴오지 않았다. 보나마나 기섭은 마리의 전화인 걸 알고 의도적으로 피하고 있음이 틀림없었다.

마리는 금세 신호를 끊고 기섭에게 문자를 날렸다. '피해봤자 소용없어요. 난 절대로 기섭 씨 곁을 떠나지 않아요. 절대로!'

조금 뒤 기섭으로부터 뜻밖의 답신이 왔다. '이왕 결심한 것, 그 대로 가게 놔둬. 부탁이야, 마리. 제발….'

'안 돼!' 마리는 단호히 외쳤다. 물론 문자에서였다. 그나마 기섭에게서 문자가 왔다는 건 그의 가슴에 아직 마리의 존재가 숨 쉬고 있다는 신호가 아닐까.

아, 동정녀 마리아님. 기섭의 곁을 떠날 수 없는 이 못난 죄인을 불쌍히 여기시고, 제발 성모님의 지혜를 주시옵소서. 그 깊고 거역할 수 없는 지혜와 용기를!

그때, 조금 전 지하 스탠드바에서 들었던 성모송의 멜로디가 마리의 귀에 은은히 울려 퍼졌다. 마리는 부지불식간에 털썩 그 자리에서 무릎을 꿇었다. 그리고 조용히 읊조렸다. 오, 아베 마리아!

빗나간 헤로이즘

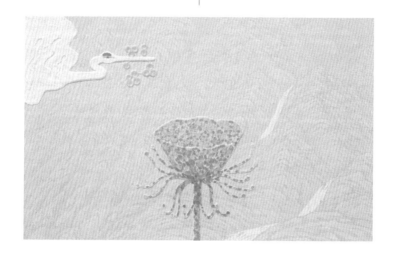

미쳤다. 미치지 않고야 최갑돌이 그토록 딴 사람처럼 돌아버릴 리 없었다. 변해도 너무 변해버렸다.

그날 복싱체육관에서 벌어진 일만 해도 그랬다. 오후 3시가 되면 어김없이 훈련에 임해야 할 최갑돌은 제시간이 훨씬 지나서야 나타났다. 자그마치 시간 반이나 늦게 허겁지겁 나타난 그는 마치 누군가에 쫓기듯 체육관에 뛰어들었다.

늦게 나타난 것도 모자라 그의 행동은 전에 없이 거칠었다. 안하무인이었다. 아니, 오만방자했다. 신발도 벗지 않고 성큼 마루로 뛰어 올라온 그는 관원, 훈련생이라면 누구나 지켜야 할 예의도 깡그리 뭉갰다.

어느 복싱체육관이든 관원이라면 너나 할 것 없이 지켜야 할 예절이 있었다. 신발을 벗고 마루로 올라서면 우선 벽에 걸린 태극기에 경의를 표해야 한다. 코치나 선배가 눈에 띄면 반드시 허리를 굽혀 예의를 갖춰야 옳다.

최갑돌은 그런 극히 초보적 행동 지침을 지키지 않았다. 아니, 의도적으로 어기려는 태도가 분명했다. 심지어 훈련 시간을 어긴 그를 뚫어지게 노려보고 있는 김호준 코치에게 마저도 **뻣뻣한** 자세로 쓱 지나쳐버리는 게 아닌가.

"최갑돌!"

퍼렇게 날 선 김 코치의 목청이 그를 불러 세웠다. 더구나 김 코치는 최근 최갑돌의 훈련을 책임지고 있는 트레이너였다.

구슬땀을 흘리며 훈련에 여념이 없는 관원들의 시선이 일제히 그쪽으로 쏠렸다. 보나 마나 김 코치의 불호령이 떨어지리라, 바야흐로 벌어질 사태를 숨죽이고 지켜보려는 호기 어린 눈들이 번득였다.

김 코치 앞에 불려간 최갑돌의 태도는 너무도 당당했다. 결코 고양이 앞의 쥐가 아니었다. 여느 때 같으면 꼬리를 안으로 말고 죽여줍쇼, 비굴한 얼굴인 게 십상이지만, 그날의 최갑돌은 간덩이가 부어도 너무 부었다.

"왜요?"

퉁명스러운 말투에서 섬뜩한 최갑돌의 반항기가 묻어났다. 김 코치의 시선을 조금도 피하지 않은 그는 어디 해볼 테면 해보쇼, 하는 적의로 가득 찬 눈빛으로 마주 노려보는 게 아닌가.

"빨리 훈련복으로 갈아입고 나와!"

뜻밖이었다. 누구도 김 코치가 그처럼 물러서리라곤 예상하지 못했다. 잔뜩 잡아당긴 활시위가 뚝, 끊어져 버린 분위기였다.

그때였다. 창밖의 거리가 소란했다. 언제 몰려왔는지 거리는 삽시간에 인파로 술렁거렸다. 근처 어느 대학에서 쏟아져 나온 시위 물결들. 언제부터인가 그들은 학내문제뿐 아니라 나랏일에도 목소리를 내는 데 주저하지 않았다.

연습 중이던 관원, 훈련생들이 우르르 창가로 몰려들었다. 조금 전 '최갑돌 VS 김 코치'의 아슬아슬한 대치 국면이 싱겁게 끝난 뒤였다. 그 실망감을 보충이라도 하듯 훈련에 여념이 없는 관원들은 창가에 달라붙어 민주화 구호를 외치며 도도히 흐르는 행렬을 내려다보기에 바빴다.

때는 1980년 봄. 딴 때 같으면 거리로 몰려나온 시위대와 저지하려는 공권력의 충돌로 아수라장이 십상이었다. 시위대의 돌팔매질과 화염병, 공권력의 최루탄과 연막탄이 뒤엉킨 힘겨루기가 자못 험악한 분위기를 자아냈다.

어느새 시위의 양상이 그렇듯 달라졌을까. 도무지 공권력이 얼씬하지 않았다. 저지하려는 세력이 없다 보니 부딪칠 까닭도 없었다. 질서정연하게, 그야말로 평화스러운 시위행렬로 바뀐 것이다. 이제 이 나라도 진정한 자유와 평화가 찾아온 것일까?

아니었다. 분명 봄은 왔건만 어딘가 불안, 불길한 분위기가 감돌았다. 그럴 수밖에 없었다. 4개월 전 10·26대통령 시해사건 후 서슬 퍼런 긴급조치 9호가 해제되고, 해직교수복직과 제적대학생 복교, 가택 연금 중인 김대중 등 거물 정치지도자가 기지개를 켬으로써 우리 모두는 희망과 기대에 부풀었다. 바야흐로 서울에 봄이 오는가 싶었다.

하지만 이른바 신군부로 지칭되는 세력의 동태가 심상찮았다. 신군부는 계엄령 발효 중 계엄사령관을 체포하고 군부를 장악하는 12·12사태를 저질렀다. 가뜩이나 힘의 공백에 수심이 깊은 대학생, 시민들은 신군부가 또 무슨 일을 벌일지 긴장하지 않을 수 없었다. 봄은 왔건만 한 치 앞을 내다볼 수 없는 안개정국이었다.

"야, 니들. 언제까지 땡땡이 칠 거냐!"

보다 못한 김 코치의 불호령이 떨어졌다.

"시위대가 밥 먹여 줘. 니들에겐 오직 두 주먹밖에 없다는 거, 몰라!"

그의 목소리에 뭔지 화가 잔뜩 묻어있었다.

그랬다. 김 코치는 화기 치밀었다. 시위대만 보면 끓어오르는 화를 어쩌지 못했다. 시위대에 정신을 홀러덩 빼앗긴 최갑돌 탓에 마음이 숯덩이처럼 시꺼멓게 타들어 가고 있었다. 도대체 그 녀석이 지금, 한눈을 팔고 있을 때인가 싶었다.

최갑돌은 세계도전을 코앞에 두고 있는 몸이었다. 시위대 등 딴청을 피우고 있을 그럴 여유가 없었다. 그건 누구보다 선수 자신이 더 잘 알고 있는 일이었다.

그렇지 않아도 김 코치는 프로모터가 서둘러 최갑돌의 세계도전 일정을 앞당겨 잡을 때부터 솔직히 불안을 떨쳐내지 못했다. 어떻게 생각해도 최갑돌에게는 아직 빠른 세계도전이었다. 살인적인 그의 강펀치를 국내 그 누구도 당해낼 수 없다는 걸 김 코치가 몰라서가 아니었다.

해외로 눈을 돌리면 상황은 달랐다. 센 주먹만으론 뛰어넘지 못할 강자들이 넘쳐났다. 아직 최갑돌은 세계 랭커는커녕 아시아·태평양 등 지역 강자들과도 어깨를 겨뤄본 적이 없었다. 하물며 세계를 넘보다니, 바위에 계란 던지기와 뭐가 다를까, 김 코치는 극구 반대했다. 하지만 프로모터는 듣는 척도 안 하고 콧방귀만 뀌었다.

프로모터 허용만 회장은 돌아가는 국내정세에 남다르게 민감했다. 우리나라에는 지금 세계 챔피언이 단 한 명도 없다는 걸 노린 듯했다. 나라의 새 강자가 등장하는 그 시기에 때맞춰 세계 챔피언을 탄생시키겠다는 노림수를 허 회장은 결코 숨기려 들지 않았다. 오히려 눈치코치 모르고 바락바락 우기는 김 코치 자신이 돈키호테 같다고 할까.

허 회장은 육군 영관급 출신이었다. 어떤 연유로 그토록 재물을 불렸는지 몰랐다. 서울에 빌딩 몇 채를 가지고 있을 만큼 자산가라는 것쯤 김 코치도 모르지 않았다. 영세한 프로복싱에 손을 뻗은 것도 프로복싱 중흥을 위한 것이라기보다 딴 목적을 염두에 둔 징검다리일 거라는 것도 어느 정도 눈치채고 있었다. 그만큼 허 회장이란 사람, 뭐든 목적을 위해선 물불 가리지 않고 군대식으로 밀어붙이는 것을 신줏단지처럼 여기는 수완가였다.

허 회장은 돈으로 안 되는 게 없다고 생각한 게 분명했다. 기회 있을 때마다 김 코치에게 말했다.

"무슨 수를 써서라도 최갑돌이 KO패만 안 당하게 해달란 말이요. 나머진 다 내가 알아서 한단말이요!"

심판 로비를 통해서도 불리한 승부를 뒤엎을 수 있다는 저의를 노골적으로 드러냈다. 날강도와 다를 게 없는 허 회장의 심보에 정나미가 십 리도 더 도망간 김 코치는 당장 트레이너를 때려치우고 싶었다.

김 코치는 최갑돌을 떼놓고 혼자만 돌아설 수 없었다. 최갑돌을 '물건'으로 만들고 싶은 조련사調練師로서의 야심이 그만큼 큰 때문이었다. 트레이너를 때려치운다는 건 꿈을 접는 거나 뭐가 다른가.

김 코치는 신비에 가까운 최갑돌의 돌주먹에 빠져들었던 자신을 되돌아봤다. 그 천연의 무쇠 주먹에 방어술이라는 갑옷만 무장시키면 세계 어디에 내놔도 무적이 될 것을 의심치 않았다….

훈련복으로 갈아입은 최갑돌이 어느새 나와 줄넘기를 하고 있었다. 그의 표정은 아까 험악했던 것과는 전혀 딴판이었다. 그 누구의 말도 들을 성싶지 않던 미련스럽고 고집스러운 얼굴빛이 어디론가 자취를 감춰버렸다. 본래의 진지한 모습으로 몸을 푸는 데 여념이 없는 것을 본 김 코치는 자기도 모르게 한숨이 새 나왔다.

최갑돌이 그 본연의 심성을 팽개치고 왜 그처럼 변해버린 걸까, 김 코치는 도무지 그 의문을 풀 수 없었다. 사귀는 여자의 영향이 그토록 크게 작용했다는 말인가? 의문은 의문으로 꼬리를 문 채 머리를 어지럽혔다. 진작 손을 쓰지 못한 게 백번 후회스러웠다.

처음 김 코치는 제자들을 통해 최갑돌에 대한 소문을 접하고 크게 걱정하지 않았다. 하드 트레이닝에 빠져들면 딴청 피울 여유가 없겠지, 가볍게 생각해버렸다. 그만큼 최갑돌의 심성을 믿었다. 결국 믿는 도끼에 발등 찍힌 셈인가. 고운 심성이 더러움도 잘 탄다는 걸 김 고치는 뒤늦게 깨달았다.

최갑돌이 시위대에 정신 판 게 사귀는 여자 때문이라는 것, 애인이 다름 아닌 청계천피복노조 간부라는 얘기를 듣고도 김 코치는 그다지 놀라지 않았다. 김 코치 자신도 사회적 경제적으로 보호받지 못한 약자였다. 약자의 권리를 찾기 위한 노동운동을 경원해야 할 하등의 이유가 없었다.

김 코치가 걱정하는 건 최갑돌이 지금 시위대를 쫓아다닐 만큼 한가하지 않다는 데 있었다. 당장 코앞에 다가온 결전의 날을 위해 온몸을 불살라도 될까 말까 할 처지였다. 임전 태세로 만전 해야 할 선수가 저렇듯 방황하다니, 그 책임이 노조간부 애인에게 있다는 생각을 김 코치는 좀처럼 떨쳐버리지 못했다. 아니, 새삼 그 애인이 원망스럽기 그지없었다.

김 코치는 어디까지나 트레이너에 불과했다. 정해진 일정에 맞춰 선수를 훈련 시켜 결전에 나아가게 하면 그만이었다. 사생활까지 이러쿵저러쿵 할 처지가 아니었다. 제 피붙이도 아닌데 왜 그토록 안달하는 건지 몰랐다.

빈말이 아니었다. 최갑돌의 주먹은 보통 기대치를 훨씬 뛰어넘었다. 일찍이 김 코치는 그런 센 주먹을 만나본 적이 없었다. 쇠뭉치, 그건 차라리 벼락이라는 게 백번 옳을까. 겉보기에 허약하기 짝없는 그 몸에서 어떻게 그처럼 무지막지한 쇠뭉치를 품고 있는지 정말 놀라 까무러질 지경이었다.

최갑돌의 펀치가 얼마만큼 센지는 현장에서 그대로 드러났다. 잔뜩 얼굴을 감싼 두터운 가드 위로 주먹이 닿기만 해도 상대 선수는 비실비실 무릎이 흔들렸다. 안면과 복부, 급소에 주먹이 꽂히기라도 하면 더 처참한 상황이 벌어졌다. 눈 깜작할 새 캠퍼스에 나뒹군 상대는 카운트 없이 그대로 녹아웃되기 일쑤였다.

하지만 김 코치는 최갑돌의 트레이닝을 맡는 걸 좀 망설였다. 딴 뜻은 없었다. 최갑돌의 트레이너를 제의해온 이만득을 그만큼 신뢰하지 못한 데 있었다. 아니, 그보다 더 주저한 까닭은 슬러거들, 강펀치들의 고질적 병폐를 바로잡는 게 생각처럼 그리 간단치 않다는 것을 김 코치는 경험을 통해 알고 있기 때문이었다.

이만득은 김 코치와 같은 시기에 선수 생활을 한 동료였다. 김 코치의 머리에는 그 역시 주먹 하나만 믿고 마구 펀치를 휘두르다 복서 생활을 때려치운 선수였다. 기량만 조금 보강하고 노력했더라면 적어도 국내 챔피언은 되고도 남을 이만득. 놀기 좋아하고, 술 좋아하고, 여자 꽁무니 따라잡기에 세월을 허송했다.

어느 날, 갑자기 이만득이 김 코치를 찾아왔다. 뜬금없이 김 코치에게 최갑돌의 트레이닝을 맡아달라며 거품을 튀겼다.

"야, 김 코치. 최갑돌, 그 놈의 훈련을 니가 좀 맡아주면 안 되겠냐. 갸의 주먹은 말여 물건이 되고도 남을 거여!"

이기면 KO승, 끝까지 가면 판정패가 고작인 이만득의 현역 시절을 떠올린 김 코치는 별반 반응을 안 보인 채 피식피식 웃기만 했다.

"야, 인마. 친구 말, 고로콤 무성의로 흘러듣기냐?"

눈치가 십 단인 이만득은 버럭, 화를 냈다. 심드렁한 김 코치의 태도가 비위를 건드린 모양이었다. 얼굴에 핏발까지 세우고 여차

하면 주먹이라도 날릴 기세였다.

김 코치는 금세 웃음을 거둬들이고 정중하게 사과했다. 어느새 불덩이가 된 이만득의 손목을 두 손으로 감싸 쥐었다.

"야, 이민득. 성의가 없었던 점, 정말 미안해."

고개까지 숙이며 진심 어린 마음으로 그의 역정을 달랬다.

김 코치가 최갑돌의 훈련을 떠맡은 건 결코 이만득의 역정, 간청에 못 이겨서는 아니었다. 강펀치에 대한 선입견으로 머뭇대긴 했지만, 최갑돌의 주먹에 얽힌 스토리가 예사롭지 않았다. 잘만 갈고 닦으면 '물건'이 되기에 충분하다고 믿었다. 아니, 최갑돌의 그 신비한 주먹에 자신도 모르게 빠져버렸다는 게 더 솔직한 심정이 아닐까.

최갑돌은 이만득과 같은 남쪽 어느 낙후된 소도시, 가난이 찌든 변두리 마을 이웃에서 나고 자랐다. 그들은 어찌어찌해서 중학까지는 나왔다. 하지만 둘 다 집안 형편이 더 이상의 진학을 용납하지 않았다.

"놈은 자랄 때는 말할 것도 없고 학교서도 늘 외톨이었어. 반대로 나는 말여, 제법 주먹깨나 쓰는 통에 또래들이 감히 넘볼 수 없었지. 이웃사촌이라고 놈은 어렸을 때부터 늘 내 그늘에서 숨어 지낸 폭이었어, 야."

동네에서 빈둥거리던 그들이 달랑 불알 두 쪽만으로 무작정 상경한 게 열대여섯 살 무렵. 대처에서 비렁뱅이 짓을 할지언정, 꽉 막힌 촌구석에서 더 이상 대장 노릇 하기 지겨운 이만득이 망설이는 최갑돌을 꼬드겨 망망대해랄 서울로 겁 없이 스며들었다고 했다.

"놈과 나는 안 해본 게 없었어. 거처할 데가 없어 노량진 한강 모래사장에 이슬을 맞고 새우잠을 잔 짓거리도 한두 달 한 거 아녀. 걸핏하면 끼니를 건너뛴 건 말할 거 없고. 나중엔 놈을 끼고 다니기조차 짐스럽지 뭐여. 가뜩이나 쓸모없는 놈, 대처에 갖다 놓으니께 꿔다놓은 보릿자루가 따로 없더란 말시. 안 되겠다 싶더구먼. 구차한 놈 땜시 나까지 뭔가 안 풀린다 싶지 뭐여."

한 번 결심하면 주저하는 법이 없는 이만득이었다. 이튿날 당장, 짐스럽기만 한 혹을 싹둑 잘라냈다. 너무도 간단했다. 아침에 헤어진 최갑돌을 다 저녁때 만나기로 한 장소에 다시 나타나지 않으면 그만이었다. 얼마 되지 않아 이만득의 머리에서 최갑돌의 존재도 깡그리 지워져 버렸다.

최갑돌이란 혹을 떼어낸 뒤 이만득은 모든 게 순조롭게 풀려나갔다. 구두닦이를 시작할 때는 자리, 구역 다툼으로 곤욕을 치렀다. 하지만 어렸을 때부터 써먹은 그의 주먹이 간단히 평정해버렸다. 뿐만인가. 그의 주먹이 예사롭지 않다는 소문을 들은 어느 복싱체육관장의 부름을 받았고, 뜻하지 않게 맨주먹에 글러브를 끼고 복서 생활을 시작했다. 센 주먹, 쌈닭 같은 마구잡이 복싱 스타일로 아마선수 생활을 건너뛴 그는 곧 바로 프로 복서가 됐다. 용이 물을 만난 셈이랄까.

염불보다 잿밥에 더 침을 삼킨 이만득은 한마디로 주먹 하나만 믿고 날뛰는 부나비 같았다. 장래가 불투명한 선수 생활이었지만 그나마 쌈닭복싱으로 대중적 인기는 좀 끌었다. 그 대중적 인기를 링 밖에서 더 잘 써먹은 것으로 그는 더 유명했다.

"근디 말여, 선수 생활을 접을까 말까 고민 중에 까마득히 머리에서 지워진 최갑돌이란 놈이 어느 날, 체육관으로 불쑥 나를 찾아왔지 뭐여. 선수 생활을 그만두려는 나를 극구 만류하면서 글씨, 주제넘게스리 지 놈이 내 후원자 노릇을 하려 들더라고."

아무 짝에 쓸모없고 거추장스럽던 최갑돌은 그새 몰라보게 달라져 있었다. 도장 파는 기술을 배워 지금은 남의 점포에서 일하고 있지만, 뭐잖아 독립을 눈앞에 두고 있을 만치 여유자금도 모아둔 눈치였다.

"놈이 느닷없이 나타난 통에 접으려던 선수 생활은 잠시 미루게 됐고, 걸핏하면 날 불러내 고기도 사주고 용돈도 손에 쥐어주면서 한동안 후원자 노릇을 단단히 했었어, 야. 그 통에 어영부영 지내게 됐지만 말여. 어느 날인가, 드디어 음식점에서 그 요상한 일이 벌어지고 말아부렀지 뭔가!"

배 터지게 돼지갈비를 사준 최갑돌은 이쑤시개를 입에 문 채 계산대 앞으로 다가가고 있었다. 막 지갑을 꺼내 음식값을 치르려는데 마침 그때, 왼쪽 문으로 구두닦이 소년이 들이닥쳤다. 아까, 잔돈이 없어 구두닦이 값을 미룬 최갑돌은 얼른 손에 돈을 쥔 채 구두닦이 소년 쪽으로 몸을 돌렸다.

순간, 누군가 등 뒤에서

"어이쿠!"

외마디 소리를 지르며 쓰러졌다. 그게 다른 사람이 아닌 최갑돌을 바짝 뒤따르던 이만득이었다.

"살짝, 얼굴에 스쳤을 뿐인디 놈의 손때가 고로콤 매운 줄 정말 몰랐어, 야!"

그랬다. 같은 고향 이웃에서 나고 자랐지만, 이만득은 최갑돌에게 그처럼 무서운 주먹이 감춰져 있는 걸 까마득히 몰랐다. 동네 아이들과 어울려 뛰놀던 코흘리개 때부터 최갑돌은 늘 외톨이었다. 한쪽 구석에 쭈그리고 앉아 땅바닥에 뭔가 그리고 지우며 놀았던 별 볼 일 없는 아이, 비루먹은 말처럼 허약한 체력 탓에 동네 아이들과 어울리지 못한 것으로만 여겨온 이만득으로서는 놀라 자빠지질 만큼 새삼스러운 발견이 아닐 수 없었다.

"형, 난 말이요, 얼마나 가슴 아픈 어린 시절을 보냈는지 모른다오. 왜 그처럼 또래들과 어울려 뒹굴고 뛰어놀지 못했냐 하면요, 요놈의 손모가지가 두려웠기 때문이었다오. 무슨 놈의 손모가지가 그래, 애들 얼굴이나 몸에 닿고 스치기만 해도 애들이 왜 그렇게 가랑잎처럼 나가떨어지느냐 그 말 아니요. 어쩔 수 없이 애들과 어울릴 때는 아예 호주머니에 두 손을 넣고 놀아야만 했다오. 나중엔 말이요, 숫제 가까이 오는 애들이 없었다오. 얼마나 남몰래 울었는지 몰라요. 결국 혼자 놀 수 있는 게 뭘까? 뻔한 거 아뇨. 땅바닥에 낙서나 하고 그림 같은 거나 끼적일 수밖에요."

최갑돌에게 어렸을 적 가슴앓이를 듣고 난 이만득은 더 이상 망설일 까닭이 없었다. 링에서 주먹질로 출세할 놈은 내가 아니고 네 놈이다! 돌아버릴 지경으로 흥분한 그는 최갑돌을 가만 놔둘 리 만무했다. 별별 감언이설을 다 동원해서 최갑돌의 주먹에 기어이 글러브를 끼워주고 말았다.

"놈이 처음은 새삼 뭔 소리냐고 펄쩍 뛰지 뭐여. 하지만 내가 누구여. 한번 물면 놓지 않는 이빨 아녀. 결국 놈은 내 꾐에 홀랑 빠져들었고 그때를 놓칠세라, 선수 생활을 때려 친 나는 녀석의 쇠뭉치 주먹에 권투장갑을 끼게 해서 매니저 겸 트레이너가 되어 놈을 거느려 온 참인디…."

이만득은 갑자기 하던 말을 흐리며 김 코치의 눈치를 조심스럽게 살폈다.

"왜? 말을 하다말고…."

어느새 최갑돌 스토리에 빠져든 김 코치는 다음에 할 이만득의 말이 그만큼 궁금했다.

"최갑돌을 맡아줄 수 없겠나, 김 코치?"

"최갑돌을 내가?"

"그래, 놈의 트레이너를 좀 맡아줘."

"자네가 잘하고 있는데?."

"아녀. 난 녀석을 가르칠 능력이 없다는 걸 깨달았어. 참말이여. 자네라면 놈을 틀림없이 물건으로 만들 수 있을 성싶어. 암, 만들고말고. 제발 좀 맡아줘, 응? 이렇게 부탁할게!"

이만득은 두 손을 모고 비는 시늉까지 마다하지 않았다. 그런 그의 행동이 미덥지 않았지만, 최갑돌 스토리에 흠뻑 빠져든 김 코치는 엉겁결에 조련사의 야심이 발동했고, 앞뒤 잴 새 없이 최갑돌의 트레이너를 떠안고 말았다. 어쩌면 그건 숙명이라는 생각도 들었다.

오후 3시가 되자 체육관은 후끈 달아올랐다. 그 시간이면 하루 중 가장 많은 관원이 나와 땀을 흘렸다. 서로 하는 동작은 제각기 달랐다. 줄넘기를 하는 사람, 샌드백을 치는 사람, 미트 치기를 하는 사람, 섀도복싱을 하는 사람, 링 줄이 처진 안에서는 헤드 가드를 뒤집어쓴 두 사람이 스파링을 하고 있었다.

김 코치는 아까부터 심기가 편치 않았다. 의당 지금쯤 땀을 흘리고 있을 최갑돌이 그 틈에 끼어있지 않다는 게 부아를 부채질했다. 늦게라도 나와 훈련만은 꼬박꼬박 하던 최갑돌이었는데 요즘

은 아예 코빼기도 안 비쳤다. 보나 마나 한층 격렬해진 시위대에 기를 쓰고 나가고 있을 게 뻔했다.

진짜 예삿일이 아니었다. 결전의 날은 어느새 홀쩍 보름 앞으로 다가와 있잖은가. 마냥 뒷짐 지고 기다릴 수만은 없다고 생각한 김 코치는 외출복을 갈아입기 위해 얼른 사무실로 들어갔다. 옷을 갈아입고 막 사무실을 나오려는데 전화벨이 울렸다. 보나 마나 허 회장의 전화려니, 수화기를 귀에 가져갔다. 결전의 날이 가까워지자 그의 전화 횟수가 부쩍 늘었다. 그만큼 그는 이번 최갑돌의 세계 정상 도전에 목줄을 건 듯 보통 나대지 않았다.

"나여. 바쁘냐?"

다 죽어가는 목소리는 이만득이었다. 최갑돌을 떠맡기곤 코빼기커녕 전화 한 통 없던 사람이 웬 바람일까, 마음이 내키지 않은 김 코치는 최갑돌이 훈련 중이라는 핑계로 머뭇거렸다.

눈치 빠른 이만득이 돌연 언성을 높였다.

"그 놈이 훈련 중이라고? 야, 김 코치. 갸가 말여, 미쳐버렸어. 돌아번졌어, 야!"

난리라도 난 듯 흥분한 이만득의 목소리가 귀에 앵앵거렸다. 김 코치는 지푸라기라도 잡는 심정으로 그가 기다리는 지하 커피숍으로 급히 내려갔다.

"갸가 글씨, 날 찾아와서 지 놈을 돈 받고 팔아넘겼다고 저 지랄 아닌가 말여. 지 놈을 좋은 스폰서 만나게 해준 고마움은 몰라도 도둑놈 취급을 하다니, 미치고 환장하겠어, 야."

벌게진 얼굴로 침을 튀기는 이만득을 보고 김 코치는 대번에 사태를 짐작했다. 허 회장으로부터 받은 뒷돈을 최갑돌이 어떻게 알아낸 게 틀림없었다.

그 전의 최갑돌이었다면 그토록 따져 들었을까. 하지만 지금은 그의 뒤에 노조 간부 애인이 눈을 퍼렇게 뜨고 있었다. 말할 것도 없이 흔히 있는 프로복싱의 뒷거래를 곱게 보아줄 리 만무했으리라. 그 부당성을 귀가 따갑도록 최갑돌에게 들려줬을 게 불을 보듯 뻔했다.

김 코치는 이만득의 얘기를 더 듣지 않아도 사태의 심각성이 금방 손에 잡혔다. 그럴수록 최갑돌의 애인을 어서 빨리 만나야 한다는 절박감에 더욱 마음이 쫓겼다. 한사코 더 좀 얘기하자고 붙드는 이만득의 손을 뿌리친 김 코치는 부리나케 지하를 벗어나 거리로 나왔다.

시간이 없었다. 김 코치는 그 점을 노조 간부 애인을 만나면 구구절절 강조하고 싶었다. 아니, 기필코 설득해야 했다. 사랑하는 남자의 장래가 걸린 일이 아닌가. 짐작건대 애인은 사랑하는 사나이의 꿈을 나 몰라라 할 것 같지 않았다. 적어도 약자의 권리를 위해 싸우는 노조 간부라면 사랑하는 남자가 세계 정상에 올라앉는 문제를 얼렁뚱땅 넘길 까닭이 없다고 생각했다.

하지만 김 코치는 애인의 연락처를 몰랐다. 또다시 앞이 캄캄해 왔다. 최갑돌을 만나 알아낼 도리밖에. 한데 최갑돌을 어디에 가서 만난다? 시위대에 끼어있을 게 분명하지만, 시위대가 어디 한두 군데인가. 또 앞이 막막해 오자 김 코치는 스프링에 튕기듯 무작정 거리의 시위대에 휩쓸렸다. 시위대 물결을 따라가다 보면 어디선가 최갑돌의 낯짝과 맞닥뜨릴 수 있을 거란 희망이 등을 떠밀었다.

민주화 투쟁에 불꽃 튀기던 대학생들은 5월에 접어들면서 가두 진출이 두드러졌다. 신군부의 집권 의도가 드러나자 계엄령 해제, 유신잔당 퇴진, 정부주도 개헌 반대, 노동3권 보장 등의 구호를 외치며 다시 거리로 쏟아져 나왔다. 서울과 지방에서 철야농성, 소규모의 시위를 끊임없이 해오던 대학들은 13일부터는 전국적인 대규모의 가두시위를 벌였다.

김 코치가 끼어든 시위대는 짐작건대 서울역 광장으로 가는 듯싶었다. 아니, 서울역 광장으로 가는 게 틀림없었다. 멀리, 사람들의 머리 너머로 엄청난 인파와 깃발들이 나부끼는 사이로 낯익은 서울역 건물이 눈에 들어왔다. 김 코치는 동공을 확장할 대로 확장해서 여기저기, 구석구석을 훑기 시작했다.

김 코치는 몸에서 점점 힘이 빠져나가는 것을 느꼈다. 정신도 깜박깜박 혼미해져 가는 것 같았다. 열이 오르면서 진땀이 온몸을 휘감았다. 이러다 졸도라도 하는 건 아닐까, 벌컥 겁도 났다.

그렇게 얼마를 지났을까. 사람과 사람들 어깨 너머로 낯익은 얼굴 하나가 김 코치의 눈에 번쩍 띄었다. 순간, 부릅뜬 눈으로

"야 인마, 최갑돌!"

냅다 고함을 질렀다. 그토록 애타게 찾던, 결단코 그리울 까닭이 없는 녀석의 상판대기가 따가운 햇볕 속에 홀연히 떠올랐다.

"인마, 기회는 두 번 다시 안 온다 그 말이야. 도장 파는 기술에 네 인생 전부를 걸 수 있어? 남들이 갖지 않은 한 방 주먹은 뭐에 써먹을 건데? 너와 사귀는 그 노조 간부 애인도 얘기하면 충분히 알아들을 거야. 그 여자를 만나게 해줘. 무릎이라도 꿇고 사정해볼게. 내 말, 알아들었냐? 시간이 없어! 야 인마, 최갑돌!"

고래고래 소리 지르는 사이, 최갑돌의 낯짝은 어디론가 증발해 버렸다. 어리둥절한 김 코치의 귀에 최갑돌의 시무룩한 목소리가 들려온 듯했다.

"너무 늦었어요, 김 코치님."

김 코치는 피가 거꾸로 치솟는다. 정신도 점점 흐려지고 있다. 가물거리는 의식 속에 '아냐, 늦지 않았어, 암, 늦지 않고말고!' 김 코치는 주술 외듯 계속 중얼댔다. 잠꼬대처럼. 끈덕지게.

설핏, 김 코치는 '서울의 봄'이 왜 그리 잔인한 건지 몰랐다.

아버지와 아들 사이

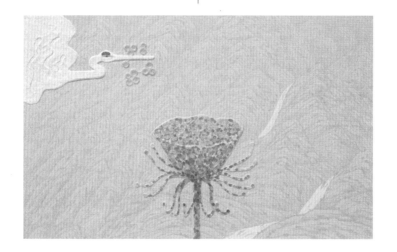

"걔한테 한번 내려오라고 해요?"

"…."

"보고 싶다면서요? 할 얘기도 있고."

"…"

아내의 되물음에도 나는 여전히 아무 반응을 보이지 못한다. 마음 같아서는 그래, 일간 다녀가라지 뭐, 그리 말하고 싶다. 하지만 재갈에 물린 듯 좀처럼 입이 열리지 않는다. 바위에 짓눌린 듯 가슴이 답답하고 짜증스럽고 심술까지 나려 한다.

내가 몸과 마음을 추스르지 못하고 시름시름 몸져눕게 된 게 어느새 6개월. 이대로 가다가는 죽고 말지, 자꾸만 불길한 예감이 나를 압박해온 지도 벌써 오래다. 그럴수록 죽기 전에 꼭 아들을 만나야 한다는 조바심이 바짝바짝 타들어온다. 무슨 일이 있어도 죽기 전, 그 말만은 아들에게 해야 한다는 다급함이 곧잘 나를 들 뜨게 하곤 한다.

"어떻게 할까요? 내려 오라고 해요, 말아요?"

"쓸데없이 바쁜 걔한테 왜 귀찮게 해!"

나는 그만 역정을 참지 못한다. 조급해진 마음과는 달리.

화가 치민다. 다그치는 아내에 대해서는 물론 아니다. 갈피를 잡을 수 없는 자신에 대한 화풀이다. 그 같은 애매모호한 행동 때문에 그동안 나는 그 얼마나 많은 시간을, 허리도 꼿꼿이 못 펴고 자책해왔는가.

아버지, 이미 저세상으로 간 지 50년도 훨씬 더 넘은 아버지를 가만히 불러본다. 뭔가 가슴 맺히면 언제나 입속을 맴도는 이름이다. 애타게 아들이 내려오기를 기다리다 숨을 거둔 아버지가, 하늘에서 죽어가는 이 아들을 내려다보는 것 같아 갑자기 숨이 차오르고 가슴이 갑갑해진다.

아, 신음이 절로 터져 나온다. 어쩌면 50년 전 아버지가 돌아가실 때와 지금의 내가 그렇듯 판박일까. 그걸 두고 인과응보라는 걸까. 지금 나는 그 죗값을 톡톡히 치루고 있는 건 아닐까.

나는 다시 한번 다짐한다. 나만은 운명殞命 직전의 아버지처럼 서울의 아들을 애타게 찾지 않을 거라고, 아무리 보고 싶어도 절대 내색 안 할 거라고, 하루에도 몇 번이나 꺼져가는 자신에게 타이르곤 한다.

한데 사람의 마음이란 참 간사하기 이를 데 없다. 하루에 골백 번도 더 갈등이 요동치니 말이다. 하물며 언제 숨이 끊길 줄 모를 시점에서이랴. 죽어도 아들에게는 아비의 그 회한을 대물리고 싶지 않다, 단호히 도리질하면서도 어느샌가 내 마음은 서울의 아들에게 가 있기 일쑤다. 아들에게 아비의 죽음에 별다른 의미를 부여 말라, 아비의 운명을 자연의 현상으로 받아들여라, 아비의 임종을 지키기 위해 서둘러 내려오려 하지 말라, 아들이 나타나기만 하면 해줄 말들을 혼자서 중얼중얼, 마음을 태우고 있지 않은가. 참 알다가도 모를 아비의 심사인 게 분명하다.

하나밖에 없는 외아들은 서울의 모 일간지 기자로 근무 중이다. 사회부 차장으로 사건기자팀의 캡이든가 그렇다. 언제 어디서 터질 줄 모르는 사건을 대비, 24시간 풀가동 하느라 집에 들어가는 날보다 경찰서나 회사 데스크를 지키는 날이 더 많을 만큼 눈코 뜰 새 없이 바쁜 몸이라는 거, 이 아비는 누구보다 더 잘 안다고 자부할 수 있다.

아비인 나도 기자 생활로 정년 퇴임하지 않았는가. 하지만 나는 아들처럼 사회부에서 잔뼈가 굵은 건 아니다. 수습 기간을 제외하곤 거의 문화부에서 터를 잡았고, 퇴직할 때까지 문화부에 눌러앉은 바람에 아들처럼 바깥에서 지새우든가 하는, 쫓기는 기자

생활은 하지 않은 셈이다.

그날도 나는 외근을 하다 늘 그랬던 것처럼 오후 3시가 되어 회사로 돌아왔다. 전람회를 앞둔 추상화가와의 인터뷰기사도 마감이 내일이어서 기사 작성을 서두를 이유도 없었다. 하지만 딱히 할 일이 없는 나는 내일 넘기면 될 기사를 미리 써둘 양으로 취재노트와 원고지를 꺼내놓고, 감을 잡기 위해 먼저 담배를 꼬나물고 머리를 굴렸다.

나는 무슨 일이든 쫓기며 하지 않았다. 뭐든 한발 앞서 여유 있게 해치운 습관이 몸에 배어 있었다. 내가 다른 부서보다 문화부를 선호한 이유도 따지고 보면 내 그런 우유부단한 성격에서 온 건지도 몰랐다. 기사 작성은 워낙 꼼꼼히 취재한 덕에 한 시간도 채 걸리지 않고 거뜬히 마무리했다.

완성한 기사를 서랍에 넣고, 다시 담배 한 개비를 입에 물었다. 불을 붙여 연기를 깊게 들이마신 뒤 훅 내뿜는 그때, 책상 위에 놓인 전화기에서 벨이 울렸다.

"네, 문화붑니다."

"막둥이냐? 나 형인디."

"아, 네. 형이 이 시간에 웬일로?"

형은 잠시 말을 끊었다가 갈앉은 목소리로 다시 입을 열었다.

"아무래도 아부지가 야, 곧 세상을 뜨실 것 같다. 눈감기 전에 꼭 막둥이를 봐야 쓴다고 저리 성환디, 니가 싸게 좀 내려와야 쓰겠다."

"알았어요, 형. 밤차를 타고라도 내려갈게요!"

나는 망설일 수 없었다. 서랍에 넣어둔 기사를 꺼내 미리 데스크에게 넘기고, 아버지가 위독해 고향에 내려간다는 말을 남기고 득달같이 서울역으로 달려갔다. 역에 도착한 즉시 그날 밤에 출발하는 야간열차표도 구입했다. 하지만 자그마치 5시간을 더 기다려야 출발하는 야간열차였다.

열차 출발시간이 너무 많이 남은 게 화근이었을까. 대합실에 웅크리고 있자니 별별 생각이 다 머리에서 춤을 췄다. 나는 11남매 중의 막내였다. 내 위로 형이 있었지만, 생후 6개월이 지난 뒤 자연사했다고 들었다. 그때 어머니의 나이가 자그마치 45살. 두 번 다시 배태가 힘들 거라 여겼는데 느닷없이 애가 들어섰고, 그게 바로 '우리 늦둥이'로 불리는 나였다지 않은가. 얼마나 귀여움을 독차지하고 자란 늦둥이인지 굳이 내 입으로 설명할 필요가 없을 정도였다.

특히 아버지의 늦둥이 사랑은 각별했다. 늦둥이가 원하는 건 무슨 일이든 다 들어줬다. 먹는 거, 입는 거, 갖고 싶은 거 뭐든 원하는 대로 척척 대령이었다. 이유가 있을 수 없었다. 가족 누구든 대령이 조금만 지체되기라도 할양이면 아버지의 불호령이 식구들의 간담을 서늘케 했다.

그처럼 아버지의 각별한 보호막에서 성장한 탓에 버릇이 없는 건 물론, 나만 알고 챙기는 이기적이고 막무가내 떼쟁이로 성장했다.

숨 넘기기 전 애타게 막둥이를 보고 싶어 한 아버지의 얼굴이 눈앞에 파도처럼 덮쳐왔다. 나도 모르게 오싹, 진저리를 쳤다. 아버지 없는 세상, 아버지의 부재가 도무지 믿기지 않았다. 아니, 아버지가 숨을 넘기는 그 순간이 왜 그리 무서움으로 다가오는지 몰랐다. 마지막 순간을 어떻게 눈뜨고 지켜본단 말인가. 나는 도대체 죽음이라는 게 죽기보다 더 싫었다. 온몸에 소름이 돋을 만치 무섭고 두려웠다.

결코 심약한 편은 아니지만, 나는 어렸을 때부터 유난히 무서움을 잘 탔다. 축구나 복싱 같은 거친 운동을 몸 사르지 않고 즐기는 근육질의 건장한 체격이었다. 하지만 밤에 후미진 골목 같은 데를 혼자 가는 것을 끔찍이 주저했다. 구천을 떠도는 귀신들이 덥석 낚아챌 것 같은 불안이 온몸을 휘감기 때문이었다.

누나들이 들려준 귀신 이야기가 떠올라서는 아니었다. 죽음 그 자체에 대한 두려움이 남달랐다고 할까. 때문인지 나는 어렸을 적부터 초상집은 그 근처도 얼씬하지 않았다. 뿐인가. 제사음식조차 먹기를 꺼려했다. 초상 음식, 제사음식을 먹었다 하면 에누리 없이 두드러기가 돋거나 토하고 난리였다. 죽음에 대한 두려움은 그만큼 내게 있어선 거역하기 힘든 장벽이었다.

나는 공중 전화박스로 달려갔다. 그리고 청운동에 사는 누나에게 떨리는 손으로 다이얼을 돌렸다. 누나는 아버지가 쓰러졌다는 건 알고 있었지만, 임종이 가깝다는 건 까맣게 모르고 있는 눈치였다.

"누나, 소식 못 들었수? 아빠가 위독하대. 야간열차로 내려가려고 지금 서울역에 와 있는데, 신문사에서 갑자기 급한 일이 생겼다고 들어오라지 뭐야. 누나가 먼저 내려가면 안 될까? 회사 일을 마무리한 대로 나도 곧장 따라 내려갈게요."

내 목소리는 보통 떨리지 않았다. 양심의 가책 때문이었을까? 아니, 아버지를 잃는다는 게 두려웠는지 모른다. 아니, 죽음 그 자체가 몸서리쳐질 만큼 무서웠다는 게 더 솔직한 고백이다. 못 말리는 불효막심한 겁쟁이는 그날 밤, 괴로움을 술로 달랬던 일이 마치 어제의 일처럼 눈앞에 선명하게 펼쳐온다.

아버지의 마지막을 지켜본다는 게 진짜 그처럼 무서웠던 걸까? 정말 그랬을까? 아버지가 늦둥이의 손을 꼭 잡고 숨을 넘기는 그 순간, 아버지를 잃는다는 두려움보다 어쩜 저승사자가 나까지 끌고 갈 거라는 불안 때문은 아니었을까? 그렇지 않고야 아버지의 임종, 마지막 길을 몰라라 할 까닭이 없지 않았을까? 사람이 죽는다는 것, 더구나 그처럼 늦둥이를 끔찍이 아끼던 아버지가 이 세상에서 사라진다는 건, 당시 유약한 막둥이로선 도저히 받아들이기 힘든 사건이 아니었는지 모른다.

결국 나는 아버지가 운명한 뒤에야 하향했다. 다분히 의도적이었다는 그 알량한 양심 때문에 나는 평생 마음 편한 날이 없었다. 먼저 내려와 나 대신 아버지의 마지막을 지켜본 누나는 내가 나타나자 와락 껴안고 대성통곡하며 했던 말이 평생 내 귀청을 떠나지 않았다. 이명처럼 윙윙대며 나를 괴롭혔다.

"이것아, 왜 이제사 와. 아부지가 얼매나 막둥이를 찾았는디!"

"시외전화에요, 서울 아들한테….

아내가 문갑 위의 전화기를 끌어당겨 누워있는 내게 건넨다. 나는 벌떡 일어 앉는다. 어디서 그런 힘이 솟는지 모른다.

"그래, 아비다."

"아버지 목소리가 맑아지셨네!"

"그럴 리가. 저승사자가 하루에도 몇 번씩이나 어른대고 있는데."

"아녜요, 아버지. 이제 곧 원기를 되찾으실 거예요."

잠시 말을 끊은 아들은 큰 결심이라도 하듯

"이번 토요일, 집에 내려갈까 싶은데요….

넌지시 내 의중을 살피는 눈치다.

"뭣 땜에 와? 아비가 금세 죽기라도 한다던? 그처럼 기자 생활이 한갓져? 그래갖고 어찌 좋은 기자가 되겠냐!"

벌컥, 언제나처럼 나는 단호히 아들의 효심에 찬물을 끼얹었다. 마음 같아선 그래, 한 번 내려왔다 가라, 그러고 싶었다. 한데 역정을 내면서까지 아들의 의중을 단칼에 베어버린 것이다.

"알았어요, 아버지. 안 내려갈게요, 안 내려간다고요, 아버지. 그럼 몸조리 잘하세요….".

아들은 얼른 전화를 끊었다.

"참, 당신도. 하나밖에 없는 아들의 효심을 그토록 번번이 뭉개 버리면 어쩌자는 거예요? 걔가 얼마나 무안하겠어요, 쯧쯧."

그렇지 않아도 옆에서 부자간 전화를 불안한 마음으로 엿듣고 있던 아내가 가만 있지 않고 혀까지 차면서 쏘아붙인다.

"내가 못할 말 했어? 이치가 안 그래? 이 아비가 금방 숨넘어가 느냐고?"

하지만 나는 그 말은 입 밖으로 내뱉지 못한다. 아무리 갈 앉지 않은 흥분이지만 아내에게까지 역정을 내는 게 좀 그래서다. 아니, 솔직히 말할 기력이 갑자기 떨어졌기 때문이다.

그렇다. 최근 나는 하루에도 수차례 죽음의 문턱을 들락날락댄다. 갑자기 호흡이 빨라지며 어느 순간 숨이 꼴깍, 넘어갔다가 한참 뒤에야 마치 잠에서 깬 사람처럼 다시 숨을 몰아쉬며 의식을 되찾곤 할 때가 빈번하다. 분명 곧 이승을 떠나야 한다는 신호인 게 분명하다.

'아직은….' 나는 고개를 강하게 젓는다. 죽기 전 아들에게 그 얘기만은 꼭 하고 죽어야 한다는 조바심 때문이다. 아까 아들이 내려온다 했을 때 못 이긴 척 그러라고 할 걸 후회하기도 한다.

　나라는 인간은 매번 그렇다. 무슨 일이건 마음먹은 대로 이행하지 못한 뒤 곧 후회하는 버릇이 있다. 어떻게 생각해도 소인배 근성인 게 틀림없다. 한마디로 새가슴이다. 심장이 그리 좁쌀만 하니 결단성이 있을 까닭이 있을까. 버스가 떠난 뒤에야 아차, 하는 소심증을 끝내 버리지 못한 채 눈을 감아야 한다고 생각하니 정말 미치고 환장할 지경이다.

　죽기 전에 꼭 아들에게 들려주고 싶은 말이란 뻔하다. 골백번 생각해 온 거지만 너만은 아비의 임종에 그토록 매달리지 말라, 그것이다. 아버지의 마지막을 지키지 못해 평생 멍에를 안고 살아온 아비의 전철을 아들에게까지 이어지기를 바라지 않기 때문이다. 왜 아비의 멍에를 아들에게 대물리나 싶어서다.

　적어도 나는 그 멍에의 쇠사슬 때문에 자살을 기도한 적도 있다. 진짜 괴로웠다. 삼일장을 치르고 직장에 복귀해 일주일간은 그런대로 밀린 일 때문에 정신이 없었다. 하지만 다소 여유가 생기자 야릇한 증세가 나타나기 시작한 것이다. 밤늦게 하숙집 빈방에 들어갔을 때 나도 모르게 섬뜩, 머리가 쭈뼛하며 소름이 온몸에 바늘처럼 돋았다. 공포가 온몸을 휘어 감았다.

　불을 켜놓은 방은 대낮같이 환했다. 한데 누군가 감시하는 듯

싶은 눈들이 여기 번득, 저기 번득이었다. 몸이 허공에 붕 뜨나 듯 싶더니 현기증이 일며 그만 나는 혼절의 깊은 수렁으로 빨려들었다.

그것으로 증세가 마무리된 건 아니다. 혼절의 꿈속에 기다렸다는 듯 아버지가 나타났다. 꿈속의 아버지는 부릅뜬 눈으로 나를 쏘아볼 뿐 무슨 영문인지 입도 뻥긋하지 않았다. 이 불효막심한 놈! 그리 소리치리라 잔뜩 겁을 집어먹은 아들은, 애당초 꿈속이나마 아버지의 사랑스러운 눈빛을 기대하지 않았다. 그렇다고 그처럼 냉랭한 칼바람을 쌩쌩 날릴 줄은 몰랐다.

집에 들어가기 끔찍했다. 밤마다 나는 술에 절었다. 술집을 전전하다 길거리에서 밤을 지새우는 때가 적지 않았다. 다시 신문사에 들려 야간 팀과 같이 새우잠을 잘 때도 빈번했다.

몸과 마음은 지칠 대로 지쳤다. 내 몰골도 눈에 띄게 초췌해진 걸까. 어느 날인가, 부장은 출근하기 무섭게 나를 회의실로 끌고 가더니 다짜고짜 캐물었다.

"왜 그래? 무슨 말 못 할 고민이라도 생긴 거야, 뭐야?"

"아, 아닙니다. 과음 탓인 것 같습니다."

후다닥, 나는 시치미를 잡아뗐다. 비겁하고 유약한 모습을 조금이라도 내보이고 싶지 않아서였다.

자살에 대한 손짓을 느끼기 시작한 건 그때부터였다. 도무지 이 엄청난 고통을 안고 현실을 헤쳐 나아갈 자신이 없었다. 그처럼 내가 유약하다는 것을 미처 몰랐다. 과잉보호 속의 내가 너무 허약하다는 걸 깨달은 나는 이내 살아야 할 이유가 없다는 집착에 빠져들었다.

어떻게 죽을까를 생각했다. 언제 죽을까도 생각했다. 도무지 엄두가 안 났다. 그럴수록 결행은 뒷전에 밀린 채 술타령만 계속 이어갔다. 부장도 더 이상 말릴 수 없었는지 매일 아침 출근하면 나를 뚫어지게 살필 뿐 별다른 말은 없었다.

그날도 나는 코가 비뚤어지게 술을 마셨다. 자정이 가까워져서야 간신히 하숙집 대문까지 다다른 나는 헷갈리는 손으로 막 대문 초인종을 누르려다 말고 흠칫 놀랐다. 웬 검은 물체가 대문 옆에서 꿈틀대고 있잖은가.

담벼락에 기대앉아 신음하고 있는 건 노인이었다.

"정신 좀 차려 보세요, 할아버지?"

술기운이 십 리 밖으로 도망간 나는 노인을 다급하게 흔들었다.

어둠 속에서 놀란 토끼 눈을 한 노인의 동공이 눈에 잡혔다. 노인은 두려움에 떨고 있는 게 분명했다.

"어떻게 된 거예요, 할아버지?"

"집에 데려다줘. 집에 데려다 달란 말이야, 어서."

노인은 길 잃은 어린애처럼 졸라댔다. 나는 곧 노인이 치매를 앓고 있다는 것을 직감하고, 일단 노인을 부추겨 집 안으로 들어갔다. 방에 들자 떨고 있는 노인을 깔아둔 침구에 눕게 한 뒤 손목이며 발목을 살폈다. 혹 가족 누군가가 주소나 전화번호를 팔찌나 발찌 같은 것에 새겨놓지 않았을까 해서였다.

아니나 다를까, 팔찌에 전화번호가 새겨있었다. 하지만 너무 늦었다. 시침은 어느새 새벽 1시를 넘고 있었다. 계속 두려움에 떨며 집에 데려다 달라는 노인을 가까스로 잠재운 나는 그제야 옷을 갈아입고 세상모르게 잠든 노인의 얼굴을 무심코 바라봤다.

노인의 얼굴에 갑자기 아버지의 환영이 겹쳤다. 섬뜩, 나도 모르게 고개를 돌리고 뒤로 물러앉았다. 죄책감이 다시 살모사처럼 고개를 처들고 내게 덤벼들었다. 아, 나는 신음을 토하며 술병을 찾았다. 먹다 남은 소주병이 눈에 들어오자 얼른 낚아채 입으로 가져갔다. 바로 그때였다.

"싫어, 싫어, 집에 갈 거라고. 얼른 집에 데려다 달란 말이야. 울 아빠가 눈 빠지게 이 막둥이를 기다리고 있단 말이야!"

어느새 잠이 깬 노인이 벌떡 일어나 마구 떼를 쓰는 게 아닌가. 술병을 내려놓은 순간, 나는 노인을 와락 감싸 안았다. 그리고 마구 터져 나오는 울음을 참지 못하고 엉엉, 소리 높여 울어 젖혔다.

얼마를 그렇게 울었을까. 칭얼대던 노인은 어느새 품에 안긴 채 잠들었다. 내 마음도 잔잔해진 호수처럼 그렇듯 평화스러울 수 없었다.

이튿날 아침, 나는 노인을 집에 데려다줬을 뿐 아니라 그 뒤에도 자주 노인을 찾아보게 됐다. 노인이 나를 보고 싶어 한다는 가족의 간곡한 연락을 거절할 수 없었다. 아니, 나 자신도 이상할 만큼 노인에게 끌리는 감정을 어쩌지 못했다.

어느새 아버지에 대한 죄책감도 전처럼 심하게 요동치지 않았다. 고통을 술로 푸는 생활도 정리돼갔고, 잠자리에 아버지의 환영이 나타나는 일도 슬그머니 잦아들고 말았다.

밖에서 인기척이 난다. 아내가 얼른 문을 열고 소스라치며 호들갑이다.

"아니 네가, 기별도 없이 웬일이냐?"

"갑자기 이 근처에 출장을 왔다가….”

서울 아들의 목소리가 분명하다. 순간, 나도 모르게 자리에서 벌떡 일어나 앉는다. 마음속으론 그렇듯 바라면서 겉으론 역정을 내면서까지 한사코 내려오지 말라고 손사래를 친 아들이다. 그 아들이 지금 밖에 와 있다는 게 아닌가. 어쩌면 아버지에 대한 멍에를 씻을 수 있다는 막연한 기대가 나를 들뜨게 한다.

"아버지, 저 왔어요. 일부러 다니러 온 게 아니고요, 출장을 온 김에 잠깐 들렀어요."

"그래, 잘 왔다. 곧 가야지?"

"아뇨. 출장 날짜를 하루 더 끊어 왔어요. 오늘 밤은 아빠 곁에서 자고 갈 거예요. 괜찮죠, 아빠!"

그래, 마지막이 될 긴 긴 밤, 부자가 함께 보내자꾸나, 분명 마음은 그렇게 말하고 싶다. 하지만 나는 꿀꺽 말을 삼켜버린다. 흥분 탓인지 열기가 얼굴에 기어오르고, 정신도 좀 흐릿해진다. 앉아 있기조차 힘겨울 만큼.

"나 좀 누워야겠다. 왜 머리가 이리 어지럽다지….."

"그러세요, 아빠. 얼른 누우세요, 아빠."

곧 방으로 들어온 아들이 나를 편하게 자리에 누인다.

저절로 눈이 감긴다. 순간, 어지럽던 머리가 다소 갈 앉으며 번개처럼 내 귀에서 '이 기회를 놓쳐서는 안 돼!' 내지르는 소리가 윙윙댄다. 그런가! 이 순간이야말로 절호의 기회란 말이지!

하지만 나는 곧 마음을 바꾼다. 아버지의 임종을 지키지 못한 주제에 아들인 자신의 임종을 기회로 삼다니 될 법이나 한 노릇인가. 그래, 지금은 죽을 때가 아니지, 암, 죽을 때가 아냐. 어떻게든 이 고비를 넘기고 아들이 돌아간 뒤에 가도 가야, 저승에 가서도 아버지를 볼 면목이 있지 않을까.

"아빠, 왜 갑자기 그러죠? 119를 부를까요?"

아들의 다급한 목소리로 보아 나는 결코 이 고비를 무사히 넘길 것 같지 않다. 몸에서 점차 힘이 구멍 난 양동이의 물처럼 자꾸만 빠져나가고 있다. 그래서는 안 돼, 그래서는 안 된다고…. 나는 기를 쓰고 넘어가려는 숨통을 가로막는다. 아들 옆에서 절대로 죽으면 안 된다며 옆에 붙어 앉은 아들의 손을 잡으려 더듬거린다.

"왜 그러죠, 아빠? 아빠 아들, 여기 있잖아요. 제 손 여기 있다고요, 아빠!"

아들이 더듬거리는 내 손을 잡았을 때, 나는 아버님이 기다리는 하늘나라로 가고 있었다.

잔염殘炎 해변에서

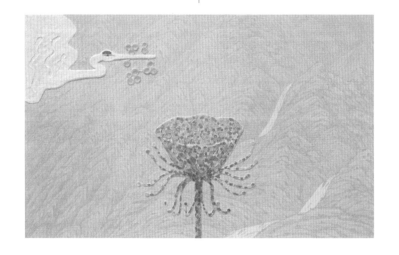

파도 소리에 설핏 잠을 깬다. 왼손에 두른 시계를 보니 자정이 가깝다. 눈만 감으면 잠은 습관처럼 다시 오겠지, 아내의 반대편으로 돌아누운 나는 고개를 베개 깊숙이 파묻었다.

하지만 한 번 깬 잠은 쉽사리 오지 않는다. 시간이 갈수록 정신은 더 또렷해진다. 별별 상념이 오케스트라라도 연주하듯 그 화음이 자못 뜨겁다.

나는 깊숙이 파묻은 베개에서 슬그머니 고개를 돌려 빼고, 조심스럽게 침대에서 빠져나온다. 모로 누운 채 깊은 잠에 빠진 아내가 깰까, 도둑고양이처럼 발소리를 죽이고 침실을 빠져나온다.

우리 부부는 오후 두서너 시쯤 이곳 강원도 경포대해수욕장에 도착했다. 아내는 바닷가 호텔에 여장을 풀자 잽싸게 수영복으로 갈아입었다. 그리고 그 거친 파도가 반가운 듯 텀벙, 바다에 뛰어들더니 한바탕 파도를 즐기고 나왔다. 오랜만의 수영이었던 탓에 좀은 피곤했을까. 평소 집에선 내가 조금만 꿈틀대도 왜요? 민감하게 반응했던 아내의 잠귀는 도둑이 업어 가도 모를 만큼 깊이 빠져들어 버렸다.

나는 조용히 평상복으로 갈아입는다. 이대로는 도저히 다시 잠을 청할 수 없을 것 같다. 잠시 바닷가를 한 바퀴 휘 돌다 오면 나아지겠지, 여전히 조심스러운 발걸음으로 호텔을 벗어났다.

밖에 나오니 휙, 청량한 바닷바람이 몸에 감긴다. 어느새 한낮의 후덥지근함을 잠재웠는지 한없이 펼쳐진 수평선에서 불어오는 바닷바람이 자못 향기롭다. 조심스럽던 침실에서와 달리 나는 성큼성큼, 발길을 바닷가로 향한다. 요란한 파도 소리가 갑갑한 가슴을 어루만지듯 반갑게 맞는다.

보름 전, 나는 다니던 직장에서 정년퇴직했다. 비록 임원으로 발탁되진 않았지만, 후회 없는 직장생활이었다. 25살에 신입사원으로 입사해 35년, 60 회갑을 목전에 두고 직장생활을 마감한 것이다.

여름이 다 가고 있었다. 집에서 빈둥대는 게 그처럼 답답한지 몰랐다. 나는 불현듯이 여보, 짐 챙겨. 우리 한 일주일 여행이나 다녀오자! 그렇게 해서 이곳 강원도 강릉 경포대해수욕장으로 훌쩍, 떠나오고 말았다.

왜 하필이면 경포대해수욕장인가. 결혼 전 아내와 여름휴가를 보낸 게 바로 여기인데다, 나도 모르게 인생의 출발이 갑자기 그리웠는지 모른다. 아니, 늘 바쁜 직장 일을 핑계로 그만큼 아내와 가정에 소홀했던 양심이 새삼 꿈틀댔기 때문이기도 하다.

자정이 넘은 밤 바닷가는 썰렁하다. 그토록 법석댄 한낮의 열기는 어디서도 느낄 수 없다. 어둠에 잠긴 바닷가는 오직 파도 소리만이 고즈넉한 밤을 지키고 있다.

나는 연신 심호흡을 하며 천천히 바닷가를 거닌다. 얼마를 걸었을까. 갑자기 어둠 속에 웬 물체가 드러났다. 멈칫, 걸음을 멈추고 찬찬히 들여다보니 성별은 확인이 안 되지만 시커먼 물체는 사람인 게 분명하다.

"거기, 누가 있었군요?"

나는 얼른 인기척을 하고 넌지시 말을 걸었다.

"아, 네. 놀랐나요?"

당돌한 말투로 보아 그는 젊은 청년임이 짐작된다.

"왜, 혼자지? 같이 온 연인과는 혹 사랑싸움이라도?"

갑자기 장난기가 솜사탕처럼 부푼 나는 엉뚱한 질문을 던지곤 곧 후회한다.

"아, 아뇨. 전 늘 혼자인걸요."

청년의 말투에 어딘가 외로움이 묻어난다. 갑자기 나타난 나를 그렇듯 경계하지도 않고. 아니, 말 상대가 나타난 걸 도리어 반기는 눈치다.

한마디로 젊은이는 외로워 보인다. 측은한 생각이 들 만큼.

나는 젊은이의 옆에 나란히 앉는다. 앉기 바쁘게 젊은이는 묻지도 않은 말을 먼저 꺼낸다.

"저는요, 일주일 후면 군에 가요."

"지원 입댄가, 아님 의무 입영?"

"물론 의무죠."

"입대 전, 바캉스나 실컷 즐기자고 온 거군. 근데 왜 혼자지?"

"아까 말씀 드렸잖아요. 늘…."

"참, 늘 혼자였다고 했지. 따지고 보면 우린 다 혼자지. 아무리 공동체라고 떠들어도 결국 혼자만 남게 되지. 특히 죽을 때는. 우린 다 각자라고."

나도 모르게 사설이 길어진다. 그만큼 나 역시 말 상대가 목말랐는지 모른다.

"…."

"내가 너무 말이 많았나. 마치 인생을 다 산 것처럼."

"그럼 아저씬, 아직 인생이 남아있다는 얘기네요…."

"당근이지. 이제 겨우 60인걸."

"다 산 거나 마친가지네요, 뭐. 아직까지 직장에 나가시는 건 아니죠?"

"얼마 전 정년퇴직 했지. 자그마치 35년간이야. 한 직장에서 청춘을 보낸 셈이지. 조금도 후회는 안 해."

"에이, 아저씨도. 나중 한 말씀, 후회 안 한다는 건 입술에 침 좀 바르는 것 아네요."

순간, 나는 당황한다. 나 자신도 미처 느끼지 못한 무의식까지 타인에게 넘겨 짚인 것 같은 수치심 때문이랄까. 아니, 그보다 선입견과 달리 그 젊은이가 당돌하긴 해도 의외로 밝고 유머가 있다는 데 적이 놀란 때문일까. 젊은이의 정체가 더욱 궁금해진다.

"젊은이는 외아들?"

보나 마나 편모슬하로 외롭게 자랐을 것으로 지레짐작하고 은근슬쩍 넘겨짚는다.

"그래 보여요?"

"늘 혼자라니까."

"틀렸어요. 잘못 짚으신 거예요. 전요, 자그마치 7남매 사이에서 자랐죠. 조금도 외롭지 않게 컸어요. 저의 외로움은…."

무슨 말인가 하려다 젊은이는 툭, 말을 끊어버린다.

"왜? 하고 싶지 않으면 안 해도 돼. 자기만의 생각이 타인에게까지 이해되리라는 기대는…."

"아뇨. 그래선 아녜요. 치부 같은 걸 아무에게나 말해도 되나 싶은 거죠."

"인생 선배잖아. 그리고 헤어지면 우린 또 만날 사이도 아닌데 뭐."

"여자 친구들이 다 나를 꺼려해요. 느끼하다나요. 얼마 사귀다 다들 줄행랑치고 말아요."

"느끼하다고?"

"틀린 말 아닐 거예요. 난 도무지 이성을 정서적으로 순수하게 받아들이지 못하고 있으니 말예요."

"무슨 뜻인지 전혀 감이 안 오네?"

"그러시겠죠. 상식적으론 안 통하는 얘기니까."

"말 돌리지 말고. 정곡을 찔러봐!"

"이성을 오직 성적 대상으로 접근하는 게 그처럼 큰 잘못일까요?"

비로소 나는 이 젊은이의 고민을 대충 짐작한다. 나도 마찬가지지만 어렸을 적부터 성교육을 제대로 받지 못한 처지에서 이성과 맞닥뜨렸을 때의 그 당혹감이라니, 어찌 그 감정을 언설로 다 드러낼 수 있으랴.

"사랑스러움으로 다가오지 않고 그냥 여자로 숨 가쁘게 달려든다, 뭐 그런 얘긴가?"

"맞아요. 후끈…."

젊은이는 쏟아내려던 말을 꼴깍, 다시 삼켜버린다. 숨 삼키는 소리가 내 귀에까지 들릴 만치.

"내친걸음 아닌가. 말 참다 보면 자칫 병이 될 수도 있어요. 속에 담아두지 말고 뱉어버려. 잔뜩 참다 갈겨대는 오줌 줄기처럼. 시원하게 밀이야."

"누구든 상관없어요. 여자 앞에선 염치 불구 후끈 달아올라요. 고놈의 욕정이란 이름의 앞뒤 없는 전차처럼!"

상상은 충분하다. 욕정으로 온몸이 불덩이가 된 젊은이의 얼굴에서 상대 여성은 뭘 느낄까. 얘기하나 마나 정액 냄새가 물씬 느껴오지 않았을까. 상대 여성이 화냥기로 뭉쳐져 있지 않은 한 젊은이의 넘치는 욕정에 덥석 안길 이성이 있을 리 만무하다.

나는 슬그머니 젊은이의 어깨에 손을 얹는다. 그리고 말한다.

"고민 많이 했겠네. 갈등도 많았을 테고."

"저의 고민은 딴 게 아네요. 성 충동이 죄인가, 그거죠."

"당연히 죄일 리가. 오히려 그런 충동이 없는 게 문제 아닐까."

나는 곧 화제를 좀 바꿔야겠다고 생각한다. 젊은이와 한참을 얘기꽃에 빠지다 보니 너무 깊숙한 데까지 와버렸다. 숨 고를 시간이 필요한 것 같았다.

"그래, 외로운 방캉스는 언제 끝내고 올라가지?"

"내일요. 벌써 여기 온 지 여러 날 됐어요. 더 이상 볼 것도 없고요."

"뭘 보고 싶었는데?"

"비키니 차림의 아름다운 여체요. 실컷 봤죠. 하지만 여전히 의문은 갈 앉지 않고 있어요. 성 충동이 죄인가에 대한 해답 말예요."

　화제는 다시 성 충동으로 되돌아오고 만다. 나는 곧 한계를 느낀다. 이런 일을 예감하고 프로이트의 정신분석학이라도 공부해 둘 걸. 그랬더라면 뭔가 아는 체 얼렁뚱땅 넘어갈 수 있을 텐데, 불행하게도 나는 그런 학문에 미처 눈을 뜨지 못했다. 사랑, 섹스 문제보다 공부, 직장, 가정 문제에 더 비중을 두고 살아온 처지로선 젊은이에게 해줄 마땅한 지식이 없었다. 아니, 젊은이의 세계는 나와는 너무 동떨어진 섬 같다 싶었다.

　그렇다고 내가 여자, 사랑, 성 충동 같은 것을 전혀 외면한 채 살아온 건 아니다. 나도 젊은이처럼 중증은 아니더라도 여느 청소년이나 다름없이 출렁이는 사춘기를 거쳤다. 성 충동의 배설구를 찾아 헤매다 사창가가 눈에 띄어 동정을 버릴까 말까 고민한 적이 있고, 정신을 홀랑 뒤집어 놓은 여자에게 빠져 구애의 기회를 노리고 그 주위를 배회한 적도 있다.

　하지만 단 한 번도, 새삼 고백하건대 그 충동을 고집스럽게 실행에 옮긴 일은 없다. 그만치 용기가 나지 않았기 때문이다. 아니다. 솔직히 젊은이처럼 죄의식 때문인지도 모른다. 나 역시 젊은이처럼 성 충동에 따라 춤을 추는 건, 막연하나마 그건 나쁜 짓이다, 마치 큰 죄를 짓는 것처럼 주위의 시선을 의식했을 게 분명하다. 누군가 엿보고 있다는 불안으로 몸을 움츠렸을 게 틀림없다.

　그런데 그놈의 큰 죄를 결국 군대에 가서 저지르고 만다. 일병

때였을 것이다. 주말에 상급병들과 일박 외출을 나간 게 화근이라면 화근이다. 아니다. 저녁을 먹다 마신 술기운 때문인지 모른다. 무슨 말끝에 하늘 같은 상급자 한 명이

"아직도 딱지 못 뗀 놈 있음 나와 봐?"

하고 좌중을 훑어봤다. 내가 엉겁결에 되물었다.

"체리 보이를 얘기한 건가요?"

"짜식, 유식한 척하긴. 영어로 숫총각이란 뜻 아니냐. 바로 네가 체리 보이구나!"

영어 한마디 잘못 꺼냈다가 완전히 독박을 뒤집어쓰는 순간이었다.

그날 밤, 나는 꼼짝 못하고 상급자의 등 떠밀림에 여자를 품에 안았다. 비록 술기운이긴 하지만 처음은 분명 나는 여자를 거부했다. 떨리는 목소리로

"아가씨, 난 아직 총각이거든. 반드시 이담, 사랑하는 여자와 첫 경험을 갖고 싶어."

하고 선을 그었다.

술에 취한 여자에게 그 얘기가 통할 리 있을까. 아니, 숫총각이란 말에 여자의 호기심, 오기 같은 걸 더 자극했는지 모른다. 여자는 오히려 호기 어린 눈빛으로 온갖 방법을 다 동원, 나쁜 짓, 죄의식으로 꽁꽁 묶여있던 동정을 단칼에 앗아가 버렸다.

허무했다. 그토록 갖은 유혹에도 견디어온 동정이 아니던가.

하지만 희한하게 죄의식 같은 건 어느새 내 몸에서 꼬리를 감추고 말았다. 그 뒤부터 나는 의도적으로 매춘을 기웃대진 않았지만, 굳이 피하지도 않았다. 사랑은 사랑이고 매춘은 매춘, 하는 의식이 자리를 잡아갔다 할까. 나도 모르게 속인 근성이 몸에 배기 시작한 건지 모른다.

"아저씨, 뭐예요?"

"어, 왜?"

"뭘 그리 골똘히 생각하는 거냐고요?"

"어, 내가⋯."

말을 더듬거리며 현실로 돌아온 나는 우선 심호흡부터 크게 한다. 그 옛날, 찜찜했던 일이 되살아나자 가슴이 좀 답답한 모양이다.

"정년퇴직한 게 얼마 안 되다 보니⋯."

"후회 안 한다더니 그래도 지나온 일이 좀은⋯."

"아, 아냐. 돌이켜보면 후회랄 것도 없었던 같아."

"그럼, 지나온 시간, 다 만족한단 말예요?"

"만족?"

엉겁결에 반문해놓고도 나는 딱히 뒷말이 생각나지 않는다.

"아니면요?"

젊은이는 뭔가 집요하게 듣고 싶은 눈빛이다.

"만족이었는지 어쩐 지는 잘 모르겠어. 하지만 단연코 후회하거나 불만스럽게 세상을 살아온 것 같진 않아."

"무슨 대답이 그래요. 색깔이 없다고요. 넘 애매해요, 아저씬."

"내 인생 자체가 그랬어. 맞아. 정곡을 찔린 거야. 정말이지 세상을 애매모호하게 살아온 게 틀림없어, 나는!"

"근데, 아저씨. 왜 그리 화가 나 있죠?"

"내가?"

그제야 나는 내 목소리의 옥타브가 자못 높은 음계에 올라가 있음을 깨닫는다. 뭐가 불만이기에 그처럼 부화를 삭이지 못한 걸까?

그럴까? 나는 지금, 퇴직한 회사에 대해 뭔가 불만을 품고 있는 건 아닐까? 그러지 않고야 왜 그처럼 '만족'이란 물음 앞에서 불어터진 말투가 튀어나오느냐 말이다. 겉과 속이 다른 내가 오늘따라 왜 그처럼 싫은지 모른다.

그렇다. 퇴직하면서 얼핏, 머리를 스치는 의문이 없었던 건 아니다. 왜 회사는 나를 임원으로 발탁하지 않았을까? 죽기 아니면 까무러치기로 봉사했을 뿐 아니라, 회사수익을 위해서라면 물불 가리지 않고 뛰었다. 그 덕에 나는 늘 요직을 벗어나 본 적이 없을 만큼 회사로부터 인정받지 않았는가.

하지만 회사는 정년 퇴임하는 나를 끝내 붙잡지 않았다. 그게 새삼스럽게 나를 화나게 할 줄 정말 뜻밖이다. 더구나 만난 지 얼마 안 된 젊은이 앞이라 그런지 쥐구멍이라도 있으면 들어가고 싶을 만치 부끄러운 생각이 든다.

"뭐가 그처럼 아저씨를 화나게 한 거죠?"

"나도 모르겠어. 왜 그처럼 갑자기 부아가 났는지…."

이미 속이 들여다보이긴 했지만, 은근슬쩍 나는 그냥 넘어가고 싶었다.

"혹시 아저씨, 아주머니하고 다투시고 침실에서 쫓겨나오신 건 아녜요?"

"아차, 들켜버리고 말았네."

나는 얼른 맞장구를 친다. 회사 얘기보다 그쪽으로 화제가 옮겨지는 게 다행이라 싶게.

"부부싸움을 자주 하시나 보죠?"

"자주는 아니지만 가끔은. 살다 보면 더러 서로를 이해 못할 때가 있더군."

"사랑한 사이인데도요?"

"그러니까 사랑싸움이지 뭐."

"사랑싸움요…."

젊은이는 뭐든 궁금한 게 많다. 다시 말해 사랑하는 사람끼리는 모든 게 척척 손발이 맞는 반려자로 인식하고 있는 게 분명하다. 따지고 보면 사랑하는 사이라면 젊은이가 생각한 것처럼 의당 그래야 하는 거 아닐까, 문득 마음에 짚인다.

말이 나왔으니 하는 말이지만, 돌이켜보건대 나는 단 한 번도 아내와 얼굴을 붉히고 다툰 적이 없다. 밖에서 일어나는 일에 대해 의심하거나 꼬치꼬치 캐물은 일이 없을뿐더러, 어쩌다 우물쭈물 어색한 변명을 한다 해도 아내는 결코 따져 들거나 트집을 잡고 늘어지지도 않았다. 손뼉도 마주쳐야 소리가 나는 법. 뭐든 아내는 도무지 토를 단 일이 없었으니 부부싸움인들 어느 틈에 할 수 있었겠는가 말이다.

하지만 누군가 행복했는가? 묻는다만 오브 코스! 선뜻 그렇다고 대답할 자신은 없다. 왜 그런지 그 이유는 나도 잘 모른다. 하지만 부부싸움 안 한 것하고 행복하다는 건 어쩐지 같을 수 없다고 느껴진다. 조금도 아내에 대한 불만이 없는데도 그렇다고 선뜻 수긍 못하는 건 어떻게 생각해도 알다가도 모를 모순인 게 틀림없다.

아내는 소개팅으로 만났다. 아니다. 딱히 소개팅이랄 수도 없다. 직장동료끼리 산행할 때 만났으니까. 산행할 때 반드시 여자를 동반하기로 한 약속을 나는 지킬 입장이 아니었다. 사귀는 여자가 없기 때문이다. 그 딱한 사정을 안 동료가 동반 여자의 친구를 대동해 준 덕에 가까스로 왕따를 모면했고, 바로 그때 꿰온 여자가 지금의 내 아내가 될 줄이야 누가 짐작이나 했을까.

그게 인연이 되리라곤 꿈에도 몰랐다. 늘 그런 것처럼 어디까지나 일회용으로 접고 지나치려 했다. 한데 어느 날, 퇴근하면서 산행 때 짝지어준 동료가 한 잔 안 할래? 소매를 끌었다. 무심코 따라나섰는데 글쎄, 우리가 들어간 카페에 웬 여자 둘이 앉아 있다가 벌떡 일어서면서까지 반기는 게 아닌가.

눈을 의심했다. 딱 한 번 만났을 뿐인 그 동반 여인의 환한 웃음이 잡아끌 듯 확, 시야에 들이닥쳤다. 엇, 신음에 가까운 놀라움이 저절로 내 입에서 새어 나왔다.

"글쎄, 얘가 자꾸만 졸라서…."

자리에 앉으며 동료의 여자가 운을 떼었다. 말은 흐렸지만 나를 다시 만나고 싶어 하는 동반 여인의 속내를 숨김없이 내비친 것이다. 동반 여인도 드러난 속내를 굳이 감추려 하지 않고 여전히 환한 웃음을 유감없이 나를 향에 날렸다.

단번에 나는 그 환한 웃음의 포로가 되고 말았다. 포로가 된 나는 꼼짝없이 환한 웃음의 울안에 갇혀버렸고, 동반 여인이 이끄는 대로 가다가 끝내는 결혼이란 굴레를 뒤집어썼다. 조금도 후회되지 않은 복바가지로 여겼을뿐더러, 그렇게 해서 면 총각한 것에 대해 기독교 신자도 아니면서 '하늘에 계신 우리 아버지, 예쁜 여자를 보내주신 그 은혜, 평생 잊지 않겠습니다!' 하고 그 고마움을 얼마나 머리를 조아려 빌었는지 모른다.

"저는 도무지 이해가 안 돼요. 사랑한다면서 다투는 게. 사랑한다면 당연히 양보하고 감싸줘야 하는 거 아닌가요, 아저씨?"

젊은이의 말에 퍼뜩, 나는 아내 생각에서 벗어난다. 그리고 오랜 침묵을 보상이라도 하듯 입을 연다.

"사랑싸움, 도무지 이해 못 하겠다, 그런 얘기인가 보네⋯. 하긴 그럴 수밖에 없겠지. 젊은이로선. 사랑해 본 경험이 전혀 없으니까. 안 그래요?"

"아뇨!"

단번에 젊은이는 거부반응을 보인다. 사랑을 경험해본 적 없다는 말에 모욕감을 느꼈을지 모른다. 아니다. 모욕을 느낀 것에 대한 반발 같진 않다. 사랑하는 사람끼리의 다툼 그 자체를 부정하고 싶었을 게 분명하다.

"사랑하는 사람끼리의 사랑싸움, 부부싸움에 대해 끝내 납득할 수 없다, 그런 입장이네."

나는 잠시 뜸 들인다. 다음에 해줄 얘기가 선뜻 떠오르지 않아서다. 도대체 여자를 전혀 경험해보지 않은 젊은이에게 사랑, 사랑싸움에 대한 복잡한 방정식을 알아듣게 설명한다는 게 그렇듯 막연할 줄 몰랐다.

"사랑이라는 거, 그처럼 한마디로 이거다 하고 정의할 만큼 단순하지 않아. 너무 복잡하단 말이지. 마치 미로처럼. 하물며⋯."

"여자를 경험하지 못한 사람에겐 소귀에 경 읽기란 얘기가 하고 싶은 거죠, 아저씨?"

불쑥, 젊은이가 말끝을 자르고 튀어나온다.

"아니, 꼭 그런 뜻이라기보다는…."

"그럼 뭐예요. 경험 많은 아저씨가 망설인 까닭이?"

"세상은 사랑뿐 아니라 한마디로 얘기할 수 없을 만치 복잡하다는 걸 얘기하고 싶었지."

"그 역시 이해가 안 된다고요. 아저씨들은 왜 모든 걸 복잡하게 생각하려 드는 거죠? 그래서 세상이 더욱 복잡해지는 거 아닌가요."

"…."

나는 더 할 말이 없다. 입을 다문 채 곰곰이 생각해보니 젊은이의 말에 일리가 있다. 세상을 오래 산 사람일수록 그런 것 같다. 쉬운 길을 두고 어려운 길로 가려 드는 게.

하지만 나는 어려운 길보다 쉬운 길을 선호한 편이었다. 골 때리는 창의적 업무보다 주어진 일에 충실하고 매진했다. 그 바람에 뭇 사원의 모범이 됐을 뿐 아니라 직원으로선 최고의 지위까지 올라 정년퇴직한 게 아닌가.

아내와의 관계도 그렇다. 아기자기한 사랑의 세레나데를 주고받는 추억은 별로 만들지 못했다. 하지만 한 번도 얼굴을 붉힐 만치 불편한 사이를 느껴본 적 없이 부부애를 지켜오고 있다. 행복이 별건가 싶도록. 젊은이 말대로 단순하게 살아온 덕일 게 틀림없다.

"모든 걸 너무 쉽게만 여기는 것도 바람직한 건 같진 않아. 어려움도 피하지 않고 정면으로 맞부딪쳐야 하는 건데…."

"후회하는 말투 같네요. 정말 그래요, 아저씨?"

"조금은."

"지나놓고 보니 행복하지 않다는 뜻인가요?"

"…."

선뜻, 나는 또 대답못한다. 부정도 긍정도 아닌 애매한 감정이
지만, 그렇다고 그래, 하고 대답하기엔 지나온 삶이 너무 공허할
것 같다. 한 치의 후회도 없는 직장생활과 가정생활이었다는 그
자부심이 어느샌가 꼬리를 감춰버린 탓일까….

파도 소리가 귓전을 때린다. 파도 소리가 왜 그리 아리고 쓰린
지 모른다. 한낮의 더위가 모래 속에 숨어있다 기어 나왔는지 축
축한 엉덩이를 후끈, 들쓰신다. 여름이 다 가고 있는데 해변의 모
래는 아직 뜨겁다.

컴온 까미

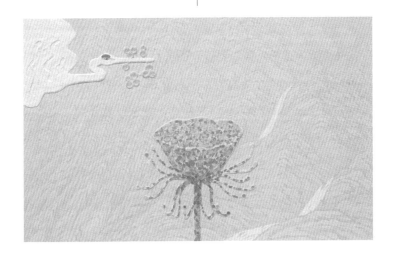

그러니까 그날 초저녁이었다. 샤워를 하고 화장실을 나오는데 강아지가 잽싸게 발밑으로 기어들었다.

강아지는 언제나 그랬다. 가만 있다가도 사람이 움직일 기미가 보이기 무섭게 달라붙었다. 사람 주위를 뱅뱅 맴돌며 짖어대는가 하면 날렵하게 발밑으로 기어들어 그 날카로운 이빨로 물려고 들었다. 상처가 날 만큼 꽉 문 건 아니지만, 워낙 이빨이 날카로운지라 이빨이 살갗에 닿기만 해도 움찔할 수밖에 없을 만큼 기분이 사나웠다.

나는 강아지가 달라붙는 것을 경계하며 뒷걸음을 친다. 아니, 뒷걸음이라기보다 게걸음에 가깝다. 살금살금, 도둑고양이처럼 달려드는 강아지를 발로 밀어내며 안방으로 몸을 움직였다.

그때까지는 아무 일도 일어나지 않았다. 한데 어느 순간, 뭔가 발에 걸리는가 싶더니 붕, 몸이 허공에 떠버렸다. 눈 깜작할 새, 의지할 데 없는 몸뚱이는 꽈당, 벌렁 나가떨어졌다.

"어이쿠, 나 죽는다!"

나도 모르게 내 입에서 절박한 비명이 터져 나왔다. 피를 토하듯.

거실에서 TV를 보고 있던 식구들이 우르르 몰려왔다. 집사람이나 딸애는 어디가 어느 정도 다쳤는가에 대해는 일언반구 없이

"조심하지 않고."

내 부주의만을 들먹였다. 그나마

"어디 다치지 않았어? 괜찮아요, 할아버지?"

하고 다가와서 허우적대는 할아비의 왼팔을 낚아채고 일으켜 세우는 건 외손자였다. 녀석은 내가 가까스로 일어나 허리에 손을 대고 부자연스럽게 서 있는 것을 지켜보다 말고, 갑자기 영문을 모르고 고개를 갸웃대는 강아지를 얼른 안고 사라져버렸다. 녀석의 생각으로는 그런 것 같았다. 걸핏하면 강아지를 혼내던 할아비가, 일을 저지른 강아지에게 어떤 벌을 내릴지 그것부터 걱정된 게 틀림없었다. 이 할아비에 대한 남다른 걱정도 실은 강아지에게 쏟아질 질책을 염려한 나머지 미리 손을 쓴 게 분명했다.

저놈의 개새끼 때문에, 나는 치밀어 오른 울화가 목구멍을 타고 올라온 걸 가까스로 삼켰다. 그리고 의연하게

"까미를 미워들 마. 내 잘못으로 넘어진 거니까."

하고 대수롭지 않은 듯 말했다. 말할 때의 그 찌릿한 진동에 허리가 쑤신 것을 숨긴 채 말이다.

정녕 허리가 쑤시고 아픈 게 장난이 아니었다. 발을 떼어놓기 두려울 만큼 허리가 쑤셔대는 건 말할 것 없고, 허벅지 장딴지를 타고 내려오는 찌릿한 저림이 그렇듯 기분을 잡칠 수 없었다.

별일이었다. 그토록 강아지를 싫어하던 내 입에서 식구들을 향해 강아지를 미워하지 말라고 하다니, 어떻게 생각해도 뜻밖이었다. 그동안 그처럼 강아지를 못마땅하게 여긴 성깔머리론 분명 저놈의 강아지, 당장 내버려! 역정을 낼 법도 한데 외려 미워하지 말라니 어떻게 생각해도 제정신이 아닌 성싶었다.

더구나 다친 허리의 후유증이 심상찮았다. 종합병원에 달려가 MRI(자기공명영상촬영)검사결과 '허리 제1요추 압박골절'이란 병명이 나왔다. 최소한 3개월을 두고 지켜봐야 완치 여부를 알 수 있다는 담당의의 진단이 나를 더욱 우울하게 만들었다. 그렇지 않아도 3, 4번 척추의 협착증으로 고생한 뒤끝이었다. 엎친 데 덮친다는 건 바로 이를 두고 한 말일까.

이런 판국에 강아지를 이해하려 들다니, 그러는 나를 어떻게 믿어지겠는가 말이다. 변해도 너무 변한 나를 두고 하루에도 골백번을 더 고개를 갸웃댈 때가 많았다.

하지만 거짓이 아니다. 노골적으로 강아지를 예뻐하는 건 아니지만, 집사람이 천방지축 오두방정을 떠는 강아지를 타박할 때도 전과는 180도로 바뀐 내 태도가 그것을 잘 말해주고 있다. 애완견이라 하지 않고 반려견이라는 까닭이 뭔지 알아? 우리 사람들과 더불어 살아가는 반려동물이기 때문이야, 극구 강아지를 감싸는 나를 식구들은 어떻게 생각했을까. 십중팔구 별꼴이라고 입을 비죽거렸을 게 틀림없다.

그렇다고 덮어놓고 강아지를 예뻐만 하는 건 아니다. 극성스럽게 짖으며 발밑으로 기어드는 것까지는 몰라도, 그 날카로운 이빨이 발에 닿기 무섭게 나는 후닥닥 강아지를 사정없이 밀쳐버리곤 한다. 그럴 때마다 쓰다듬어줘 봐요. 그럼 좀 순해질 거예요, 하는 딸의 충고가 따랐지만, 여전히 나는 발밑으로 기어드는 강아지를 밀쳐버리는 거친 행동을 쉽사리 버리지 못했다.

그런 가운데 강아지 이름을 내가 지었다. '까미'라고. 까미는 암컷이었다. 그리고 몸통이 검었다. 검다는 별칭의 '깜'과 흔히 여성의 삼인칭 대명사로 쓰이는 '미'를 합성시킨 것인데, 자화자찬 같지만 지어놓고 보니 그럴듯하지 않은가. 식구들도 군말 없이 따라 부르는 것을 보면 얼핏 프랑스풍의 그 호칭이 마음에 든 모양이었다.

움직일 때마다, 걸을 때마다 다친 허리에서 비롯된 찌릿한 통증은 이만저만이 아니다. 그럴 때 까미가 눈에 띄거나, 여전히 발밑으로 파고들어 괴롭힐 때면 통증부위에서 치솟는 부아가 온몸을 휘감는다. 솔직히 그럴 때면 까미에 대한 미움이 목구멍을 타고 기어오르고 당장 이놈의 개새끼, 호통을 치고 싶은 게 굴뚝같다.

하지만 나는 꿀꺽, 그 거친 감정 덩이를 삼켜버린다. 스스로 생각해도 웃기는 이율배반인 게 분명하다. 애증愛憎의 이율배반….

까미를 미워하면 할수록 까미에 대한 관심 또한 그만큼 높아진 것도 숨길 수 없다. 얼굴 생김새를 찬찬히 뜯어보면 볼수록 그 조합이 코미디언의 얼굴처럼 맹랑하고 앙증맞다.

삼각형의 조그만 얼굴은 몸통처럼 검정으로만 뒤덮여 있지 않다. 귀에서 얼굴을 둘러싸고 있는 건 검정이지만, 눈 주위는 갈색이 짙고 콧대와 입, 턱은 검정이지만 턱에서 목으로 흘러내리는 부위와 엉덩이는 온통 황백색이다. 마치 흑·백·갈색으로 분장을 시켜놓은 듯 버라이어티가 물씬 풍기는 얼굴 모습은 언뜻 찰리 채플린의 분장한 얼굴이 연상 되기 쉽다.

까미는 포메라니안 종이다. 포메라니안의 색깔은 크게 네 가지로 분류된다고 한다. 바로 흰색과 갈색, 흑색, 흑갈색 등이다. 순백색과 순황색, 순흑색과 흑갈색뿐이 아니다. 흑색과 갈색, 흰색이 적절히 혼합된 강아지도 있다. 바로 까미가 그런 세 가지 색깔로 배합된 강아지다.

한데 귀여운 겉모습만으로 녀석을 판단하다가는 낭패당하기 쉽다. 고집 또한 만만찮기 때문이다. 상전 격인 딸애가 옆에 있을 때는 식구 중 그 누구도 눈에 뵈는 게, 배려도 없는 게 까미다. 홀딱 홀딱 뛰어오르며 요란하게 짖고, 덤비고 물려든다. 먹는 것 등 간식이나 손에 쥐고 있으면 금세 꼬리를 흔들며 순해지지만, 마구 짖어대고 앙칼지게 덤빌 때는 녀석을 잽싸게 피하는 게 장땡이랄까. 그러자니 한마디로 귀찮고 짜증 날 수밖에 없다.

까미는 먹보다. 아니다. 껄떡이라는 게 더 어울린다. 도무지 먹는 거라면 사족을 못 쓰기 때문이다. 먹어서 안 되는 것도 꼴깍 삼켜버려 캑캑대거나 토하는 때도 적지 않다. 어쩌다 떨어트린 알약을 홀라당 집어삼켜 버린 탓에 상전 격인 딸애의 걱정, 불만이 이만저만이 아니다. 제발 약 같은 거 떨어트리거니 흘리지 말아요, 식구들을 달달 볶기 일쑤였다.

짖는 것도 너무 극성이어서 보통 고역이 아니다. 밖에서 부스럭, 발자국소리만 들려도 짖어대는 건 그래도 참을 만하다. 도무지 방문객을 집 안으로 들일 수 없도록 미치게, 앙칼지게 짖어대고 덤빈다. 목줄을 매어놓아도 홀쩍홀쩍 뛰고 으르렁대는 등 오두방정이니 어찌 방문객을 집안에 들일까, 보냐.

상전 격인 딸애가 출근하고 집에 없으면 그나마 집안이 조용하다. 까미의 준동이 한결 줄기 때문이다. 애증愛憎의 갈등으로 전쟁 중인 나와도 어느 정도 휴전상태가 유지된다고 할까.

소파에서 TV를 보고 있을라치면 어느새 옆으로 파고든 까미는 몸을 비벼대며 한껏 애교 떨기에 바쁘다. 기특하다 싶어 머리를 쓰다듬어주면 기다렸다는 듯 금세 손을 핥고 기어오르는 등 또 오두방정을 떠는 까미. 정말 못 말리는 애교이며 미워만 할 수 없는 이유이기도 하다.

까미가 그처럼 거친 건 북극에서 썰매를 끌던 강인한 조상을 둔 탓이라던가. 비록 지금은 썰매를 끌던 조상과 달리 체구는 적지만 언뜻 여우를 닮은 듯 날카롭고 깜찍하다 못해 앙증맞기까지 한 얼굴은 여느 반려견과는 사뭇 다른 분위기를 자아낸다. 마치 분장해놓은 듯싶은 그 모습에서 화를 낼 사람이 있을까 싶을 만큼.

하지만 나는 밖에서 집으로 들어갈 때 짖고 날뛰는 까미의 모습이 눈에 띄기 무섭게 본능적으로 피가 거꾸로 솟는다. 녀석에 대한 미움 때문인 건 얘기하나 마나다. 녀석의 오두방정 탓에 허리를 다쳤다는 연상 작용이 몰고 온 감정 찌꺼기인지 모른다.

그럴 때마다 나는 미워하지 말자, 미워해선 안 돼, 하고 나의 인내심을 시험한다. 발밑으로 기어든 녀석을 냅다 내지르고 싶은 충동이 활화산처럼 솟지만, 번번이 꾹꾹 참는 걸 보면 나의 인정머리라는 것도 아직은 메마르지 않다는 걸 어렴풋이 느낄 수 있다.

어쨌건 고양이든 강아지든 애완동물, 아니 반려동물이라면 나는 질색이었다. 도대체 집안에 강아지를 들여놓고 사람들과 더불어 생활하게 하는 거부터 싫었다. 비록 똥오줌을 가릴 줄 안다 해도 날리는 털 하며 비릿한 냄새가 그렇듯 비위를 건드릴 수 없었다. 솔직히 그런 선입견 탓에 아무리 예쁘장한 강아지라도 선뜻 마음이 끌리지 않았다. 그건 나보다 집사람이 더 하면 더 했지 못하지 않았다.

하지만 외손자 때문이다. 중2 외손자의 강아지 사랑을 뻔히 알면서 할미와 할아비의 취향을 고집한다는 것도 좀 그렇다. 이해하려 무진 애쓸 도리밖에.

유치원을 다니기 전부터 외손자는 강아지 타령이 심했다. 그럴 수밖에 없는 게 녀석에겐 동생이 없었다. 그 허전함과 외로움을 반려동물로 대신하겠다는 녀석의 소박한 심정이 이해되지 않은 건 아니다. 그래서 강아지를 들여놓는 게 끔찍이 싫긴 했지만, 강아지를 데려오면 할미와 할아비는 못 이긴 체하기로 이미 약조를 단단히 해둔 바 있다. 자식을 이기는 부모는 없다지 않은가.

그들 모자의 외로움을 생각하면 부모로서의 할미와 할아비는 짠하지 않을 수 없다. 아들 하나 달랑 데리고 짝 없이 살아가는 어미인들 그 외로움이 오죽하겠는가 싶어서다. 그래선지 어미도 강아지라면 사족을 못 쓴다. 강아지 사랑이 제 아들보다 더하면 더했지 결단코 덜하지 않을 만큼. 시간만 나면 모자는 거실에 배를 깔고 누워서 강아지에 관한 책자를 펴놓고 어떤 종의 강아지를 데려올까, 자못 뜨거운 논의를 펼치는 광경이 종종 목도되곤 한다.

하지만 어떻게 된 노릇인지 강아지는 생각보다 쉽게 들여오지 않았다. 금세 들여올 것처럼 호들갑을 떨더니만, 이렇다 저렇다 말 한마디 없는 채 잠잠하다. 한참 만에야 강아지 데려온다는 건 어떻게 됐지? 물어서야 어미는 여전히 이러쿵저러쿵 설명일랑 쓱 싹해버리고 그렇게 되었어요, 얼버무리기 일쑤다.

더 캐묻지는 않았다. 할미와 할아비는 제발 그러다 영영 안 데려오면 오죽 좋겠냐 싶었다. 그런 노부모의 마음을 헤아린 걸까. 그들 모자의 입에서 더 이상 강아지 얘기는 뒷전으로 숨어비렸다. 외손자가 중2가 되도록. 우리 노부모도 한숨 돌릴 수 있었는데….

어느 날, 밖에 나갔다 집에 들어갔더니 웬 강아지 한 마리가 냅다 기어오르며 요란하게 짖어댄다. 깜짝 놀란 할아비는 우거지상을 하고 묻는다.

"웬 놈의 강아지 새끼지?"

"그렇게 됐다오. 이왕 이렇게 된 거, 딴 얘기하지 말아요."

체념한 듯 할미가 역한 내 감정을 갈앉히려 애쓴다. 할미가 저렇듯 체념했다면 필시 무슨 곡절이 있겠지, 일단 할아비도 격해진 감정을 추스르기로 마음먹는다.

강아지가 갑자기 들어온 전후 사정을 들어보니 강아지의 운명이 딱했다. 우리 아파트 옆 동으로 분양된 강아지가 그 집 할머니의 극렬 반대로 집 안에도 들이지 못한 채 쫓겨났다는 것. 그 집에도 우리 외손자와 같은 또래의 외손자가 울며불며 할머니에게 매달렸지만, 할머니는 막무가내기로 강아지를 집 안에 한 발짝도 들이지 못하게 했다지 뭐냐. 그럴 수밖에 없는 게 그 할머니는 선천적인 털 알레르기 탓에 짐승의 털이 날리기 무섭게 온몸에 두드러기가 돋아난다지 뭔가.

그렇다고 우리 집으로 보낼 건 뭐지. 우리 할미, 할아비의 불만은 이만저만이 아니었지만, 강아지를 보자 덥석 껴안고 내놓지 않은 손자의 열망을 저버리기도 그리 쉽지 않다.

강아지에 대한 열망은 손자뿐이 아니다. 녀석의 어미도 마찬가지로 강아지를 보자 망설임 없이 원더풀, 덥석 안고 그 털북숭이를 얼굴에 부벼대며 야단법석이 아닌가. 모자의 환영 일변도에 할미와 할아비는 그냥 망연자실할밖에.

생각해보면 그들 모자의 남다른 강아지 사랑이 이해되지 않은 건 아니다. 비록 할미, 할아비와 같이 살고 있긴 하지만, 남편도 아빠, 형제자매도 없는 단출한 한 부모 가정이 아닌가. 모자가 내놓고 말은 안 해도 그 외로움인들 오죽했을까.

그동안 마땅한 강아지가 없어 데려오지는 못했다. 하지만 어미가 전화 통화하는 것을 가만히 엿들을라치면 머지않아 친구한테 강아지를 분양받아 오는 건 시간문제인 듯싶었다. 그런 참에 까미가 들이닥쳤으니 그들 모자의 환영 일색인들 뻔하지 않은가.

그 사이 할아비의 허리는 악화일로였다. 어느 정도 시간이 지나면 갈았겠지, 대수롭지 않게 여긴 허리는 시간, 날이 갈수록 장난이 아니었다. 완전히 기동력을 통제하려 들었다.

우선 밤잠자리부터가 여간 불편하지 않았다. 몸을 옆으로 뉘고 무릎을 조금 굽히면 어느 정도 줄일 수 있는 통증이, 반듯하게 허리를 펴는 순간 와락, 체면 불구 덤벼들었다. 방방 뛰게 할 만큼. 그렇게 밤새 자다 깨다 되풀이하다가 새벽을 맞이한 게 어디 하루 이틀이던가.

자가 치료하다 보면 나아지겠거니, 가볍게 여긴 게 잘못이었다. 날이 갈수록 그 통증이 깊어질뿐더러 다리까지 절게 됐다. 비로소 심상찮은 낌새를 알아차린 할아비는 득달같이 병원을 찾았다.

처음부터 큰 병원, 종합병원을 찾는 게 좀 그랬다. 언젠가 요추협착증 치료하러 갔던 신경전문의원부터 방문했다. X레이 촬영결과를 놓고 담당의는 '1번 요추에 문제가 있는 듯하다'며 협착증 때처럼 등짝에 주사 시술을 해줬다.

하지만 협착증 시술 때처럼 통증은 쉽게 갈 앉지 않았다. 무려 3주 3번에 걸친 시술을 받았지만, 통증은 도로 아미타불이었다.

의사는 소견서를 써주며 큰 병원에 가볼 것을 권유한다. X레이 가지고는 정확한 진단이 어려우니 종합병원에 가서 CT검사나 MRI검사를 받아보라는 것. 망설일 이유가 있을 리 없었다.

큰 병원에서 MRI검사 판독결과 '제1요추 압박골절'이란 진단이

나왔다. 신경외과전문의는 한 달 복용할 약의 처방전을 끊어주며
말했다.

"약을 복용하며 지켜봅시다. 하루아침에 고쳐질 병은 아닙니
다. 시간이 필요해요. 한 달 후에 봅시다."

무거운 발걸음으로 집에 들어가니 아니나 다를까, 제일 먼저
반기는 건 까미다. 아니, 반기는 게 다 뭐냐. 제 깐에는 반기는 건
지 모르지만, 발밑으로 기어들어 핥고, 벌떡벌떡 뛰어오르며 짖어
대는 까미가 여간 성가신 게 아니다. 잘못 피하다 저번처럼 넘어
지면 어쩌나 노심초사한다.

그래, 노심초사로 끝날 일이 아니지. 순간 할아비는 부아가 치
민다. 허리의 통증이 누구 때문인가, 감정 덩어리가 찰싹 달라붙
는다. 저놈의 강아지 때문에… 가까스로 잠재운 발끝의 폭력성이
삐죽 고개를 내민다.

"까미야!"

그때 딸애가 제 방에서 나오며 발밑에 엉겨 붙은 강아지를 부
르지 않았다면 어떻게 됐을까? 보나 마나 냅다 내지르지 않았을
까… 생각만 해도 등골이 송연하다. 말 못하는 짐승을 인정머리
없이 내지를 생각을 하다니, 백번 그때 딸애가 까미를 부르며 나
타난 게 얼마나 다행인지 모른다.

일찍이 강아지 때문에 고민하고 갈등해본 적이 있었을까. 어렸
을 때 집에서 고양이, 강아지를 기르지 않은 건 아니다. 하지만 고

양이는 집 안과 밖을 자유스럽게 드나든 대신 강아지는 달랐다. 바깥에서 놀다 흙 묻은 발로 감히 집안에 들어오는 일이 없었다. 더구나 까미처럼 품에 쏙 들어오는 작은 개가 아니고 포인터, 세퍼드 등 대부분 큰 강아지들이지 않은가. 한마디로 큰 개는 훈련을 받은 탓인지 의젓했다는 기억이 지금도 뚜렷하다. 저렇게 까미처럼 오두방정이지 않았다.

할아비는 어렸을 적에도 집안의 짐승들을 썩 좋아한 편은 아니었다. 그렇다고 지금처럼 죽도록 싫어하거나 미워하지도 않았다. 어정쩡한 동거랄까. 그런대로 그럭저럭 잘 지냈던 것 같았다.

근데 지금 까미와는? 귀여운 이름도 선뜻 지어줄 만큼 나 몰라라 한 것도 아닌데 어쩌다 보니 그만 앙숙이 돼버렸다. 왜 그런 걸까? 역시 집 안에 들기 무섭게 발밑으로 엉겨 붙는 게 지겨웠기 때문이 아닐까.

그렇다. 할아비는 조그만 강아지가 발밑을 맴도는 게 끔찍이도 싫다. 엎친 데 덮쳐 허리까지 다치지 않았는가. 아무리 좋아하려한들 순간순간, 불쑥불쑥 발로 걷어차고 싶은 충동을 어찌하랴. 딸과 손자, 그들 모자를 생각해서 감정을 꾹꾹 누르고 그냥 좋은 척 지내고는 있지만 말이다.

걸림돌은 다친 허리다. 다친 허리는 여전히 물리치료 등 병원 문턱을 제집 드나들 듯 들락거리지만, 차도는커녕 더 악화되고 있다. 하루에 세 번 소염진통제를 복용하고 있지만, 별반 차도를 보지 않는다.

그날도 병원에 간 할아비는 담당의와 마주 앉자 투덜댔다.

"아니, 벌써 몇 달쨌데 왜 안 나은 거죠? 전혀 통증이 갈 앉지 않으니 이게 도대체 어떻게 된 겁니까?"

"아무래도 차도가 없다면 수술할밖에요. 통증을 달고 사느니 수술을 받는 쪽이 깨끗하긴 해요. 수술을 받아보겠습니까?"

우선 수술이란 말에 억장이 무너진다. 주위 사람으로부터 '수술만은 절대로 받지 말라'는 말을 귀가 따갑도록 들었다. 그 말을 잘 못 되면 '허리를 영영 못 쓸 수도 있다'는 위험신호로 받아들인 탓이다.

'아 아 아~' 병원 문을 나서는 내 입에서 절로 탄식이 새 나온다. 좀 생각해보고 결정하겠습니다, 그리 말하고 일단 담당의 앞에서 물러났지만, 마음은 그게 아니다. 죽었다 깨어나도 수술은 절대 받고 싶지 않다. 수술을 받은 후 나머지 생을 불편한 몸으로 살아가야 할 것 같은 생각이 좀처럼 머리를 떠나지 않았다.

하늘을 울려다 본다. 구름 한 점 없이 해맑은 하늘. 반대로 마음은 왜 그리 먹구름이 잔뜩 끼어있는 걸까. 집으로 돌아가는 길 내내 할아비의 머릿속엔 '병신'이란 낱말이 빙빙 맴돈다. 꾸부정한 허리로 힘겹게 걸어 다니는 노인들 군상이 자꾸만 눈에 밟힌다.

현관문을 열고 집 안으로 들어선다. 아니나 다를까. 제일 먼저 달려드는 건 까미다. 제 깐엔 반기는 것이리라. 하지만 앙앙 짖어대고 펄펄 뛰며 발자국을 따라 찰싹 달라붙은 까미가, 할아비에게는 여간 신경을 곤두서게 하지 않는다. 빙빙 오른쪽으로 돌다 잽싸게 발밑으로 파고드는 까미를 보면, 나는 내지르고 싶은 충동을 강하게 느낀다.

그렇다. 할아비의 눈은 거울을 보지 않아도 벌겋게 충혈돼 있을 게 뻔하다. 병원 문을 나설 때부터 출렁댄 감정 덩어리가 버스를 타고 집에 오는 동안 다소 누그러진 듯싶지만, 까미를 보는 순간 다시 치밀어 오른 게 틀림 없다.

저놈의 강아지 때문에… 오른 쪽 발에 힘이 당겨진다. 엉겨 붙은 까미를 내지르려는 충동이 분명하다. 아니다. 충동이라기보다 꼭 그리 해야 한다는 의지이지 않을까.

소스라치듯 놀란 나는 잔뜩 긴장된 오른발 힘을 얼른 잡아 뺀다. 하지만 한발 늦은 걸까. 이미 힘이 들어간 할아비의 발은 발밑의 까미를 저만치 밀쳐버린다. 문득, 냅다 걷어차지 않은 게 천만다행이란 생각이 든다. 안도의 숨을 가만히 내쉰다.

저만치 밀려난 까미는 눈만 말똥말똥 뜬 채 이쪽을 잔뜩 응시하고 있다. 그 모양이 왜 그리 안쓰럽고 멋쩍어 보이는 걸까.

"컴온 까미!"

노기로 잔뜩 서려 있으리라 여긴 내 목소리는 뜻밖에도 부드럽다. 까미가 달려와 안기기를 바란 듯 양손을 활짝 펼치기까지 한 할아비는 숨 가쁘게 외쳐대기를 그치지 않는다.

"컴온 까미! 어서 내게 안기란 말이야, 까미!"

내가 왜 역적인가

─'帛書' 黃嗣永의 순교 전날 밤의 독백─

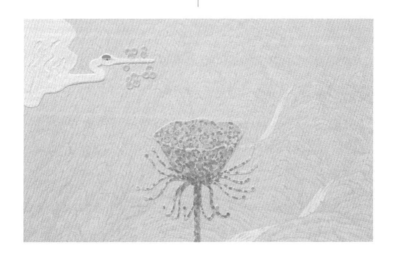

나라를 전복할 의도는 추호도 없었다

해가 지고 있는 것 같다. 아까까지 옥 밖에 드리웠던 햇살이 어느샌가 꼬리를 감추고 슬금슬금 땅거미가 기어들고 있다. 사위가 어둠에 휩싸이면서 곧 이곳 옥 안도 어둠에 잠기게 될 것이다. 그리고 내일, 날이 밝기 무섭게 나는 대역무도大逆無道한 죄를 뒤집어쓰고 ①능지처사陵遲處死 될 게 뻔하다.

끄응, 나는 끓어오른 분노를 꿀꺽 삼킨다. 어찌 내가 역적逆賊이란 말인가, 아니다. 역적인들 어떠랴. 백성의 안위는 뒷전이고 오직 권력에만 눈먼 노론벽파老論僻派 패당들이 좌지우지하는 나라가 아니더냐. 그런 나라에서 어떤 벌을 어떻게 받는 들 무슨 상관이란 말인가. 다만 이승에 남아 천주님의 말씀을 더 이상 전할 수 없다는 게 분하고 또 원통할 뿐이다. 분함을 쉽사리 삭일 수 없는 탓일까. 또다시 숨이 컥컥 막혀오면서 헛기침이 목구멍을 기어 오르고 있다.

아 아 아, 옥 안 여기저기서 들려오는 한숨 소리가 귀청을 울린 다. 나와 함께 천주님의 가르침을 받았던 교우들의 신음 섞인 한 숨이다. 나처럼 천주님을 따랐다는 죄목을 뒤집어쓰고 잡혀 왔을 뿐 아니라, 날이 밝기 무섭게 나와 더불어 그들 형제자매들도 처 형될 게 자명하다. 살을 에인 듯 가슴이 쓰리고 아프다.

죽는 게 두려워서는 아니다. 두려울 까닭이 뭐 있겠는가. 사지 가 찢겨나가는 형벌이지만, 이미 기꺼이 받아들이기로 마음을 정 한 게 아니더냐. 천주님 곁으로 가는 길인데 어찌 무섭고 두려우 랴.

하지만 나도 별수 없이 한낱 한 가정의 가장임에 틀림없는 것 같다. 얼핏, 아내의 얼굴이 스치자 나도 모르게 가솔의 생각이 가 슴을 조여오니 말이다. 연로하신 어머님과 부인, 두 살배기 어린 아들이 자꾸만 눈에 밟힌다. 가솔들이 겪어야 할 곤욕을 생각하면 억장이 무너진다. 어쩌면 지금쯤, 결박당해 어디로인가 끌려가고 있는 건 아닐까. 겨우 잠재운 화가 또 끓어오른다. *끄응*, 가까스로 눌러놓은 헛기침이 목구멍에 다시 기어오르고 있다.

아, 주님. 혈육이 당할 고통을 이대로 수수방관만 하고 있어야 할까요? 이 못난 죄인이 영어圄圄의 몸으로 어찌지 못하는 것을 몰라서는 아닙니다. 그렇게까지 만든 저의 무능력이 자초한 일이

라 생각하니 갑자기 가장으로서의 양심이 저의 가슴을 방망이질
하고 있습니다, 천주님.

아 아니, 아닙니다. 순간만이나마 감히 주님을 원망하는 마음
을 가질 수 있다니요, 천주님의 사랑과 은혜 안에 머무른 이 죄인
이, 어찌 하느님의 눈 밖에서 사사로운 정에 이끌릴 수 있겠습니
까. 어여삐 여기시고 부디 길 잃은 양을 바른길로 들게 하소서.

간절한 기도 덕일까. 속을 들쑤신 흥분이 어느 정도 갈앉는다.
그러자 이번에는 백서帛書에서 대박청래大舶請來, 서양의 큰 배가
오는 것을 바라는 것과 감호책監護策, 청나라의 보호 감독을 들먹
인 게 그처럼 나라에 반한 역적 행위였을까? 자문自問의 화살이
나의 가슴을 향해 와락, 날아든다.

돌이켜보면, 분명히 말하건대 우리 왕조王朝를 등지고 뒤엎을
생각은 추호도 없었다. 선왕正祖께서 승하한 뒤 나라 꼴이 어땠는
가. 기다렸다는 듯 노론벽파 패당들이 수렴청정垂簾聽政 대왕대비
그늘에 숨어 갖은 악행을 저지르고 있잖은가. 가까스로 일궈놓은
천주님의 말씀이 하루아침 풍전등화의 운명에 처하게 된 것이다.
실로 앞날이 막막하지 않을 수 없는 노릇이다.

더구나 우리의 주문모周文謨 신부님마저 자수, 언제 처형될지
모르는 급박한 상황이라지 않았던가. 나 황사영黃嗣永도 언제 어
디서 포졸들에게 잡혀 끌려가 죽을지 모르는 파리 목숨. 이렇게
손 놓고 마냥 숨어만 있는 게 부끄럽기 그지없다.

한양을 다녀온 김한빈金翰彬에게 엄청난 소식을 듣고 얼마나 큰 충격을 받았든가. 박해양상이 더욱 확대돼갈 뿐 아니라, 그동안 체포되어 ②추국推鞫을 받아오던 정약종 최필공 최상현 홍교만 이승훈 등 대부분의 교회지도자들이 참수됐다 한다. 거기에 손바닥만 한 이 땅의 유일한 목자이신 주문모 신부님께서 참수됐다는 소식을 접하자 마지막 희망의 빛이 스러지는 절망감을 어쩌지 못했다.

그래, 아직 살아남은 나만이라도 이 땅에 이제 막 꽃 틔운 천주님의 목소리, 교회의 보존과 재건을 위해 나서야 하지 않을까, 불끈 쥐어진 주먹에 나도 모르게 힘이 들어간다.

그렇다. 북경 주교님에게 탄원서를 보내자. 도움도 청하고 로마 교황님께도 이 사실을 알리도록 하면 어떨까? 이 난국을 풀어야 하는 건 오직 그 길밖에 없다고 생각했다.

나는 급히 이곳 옹기점 주인 김귀동金貴同을 찾았다.

"뭐, 시키실 일이라도?"

"어디, 명주 천 좀 구해줄 수 없을까요?"

"명주 천을요?"

"그래요. 이왕이면 가늘게 짠 하얀 명주였으면 좋겠는데."

오, 주님. 토굴에 숨은 몸으로 제가 할 수 있는 건 그 길밖에 없다고 생각했습니다. 그것도 주님의 은혜가 충만했기 때문에 가능한 일이었습니다, 천주님.

하필 가늘게 짠 명주 천을 바란 건 뭐겠습니까. 몸속에 감추기 그만큼 좋기 때문이었습니다. 부피를 줄이기 위해서도 명주 천처럼 좋은 재료가 어디 있겠습니까. 다만 세필이긴 하지만 천위에 글을 적어가는 건 그리 수월하지 않겠지요.

대박청래大舶請來와 감호책監護策이 뭐길래

희미한 관솔불만이 어둠을 밝혀주는 토굴 안. 경건한 마음으로 무릎을 꿇었다. 그리고 천주님에게 기도했다. 무늬 없는 이 새하얀 세명주細明紬에 담으려는 서찰이 아무쪼록 북경교구 구베아 주교님에게 무사히 전달되게 해주십사하고. 나아가 로마 교황님에게도 전해져서 꺼져가려는 천주님 말씀이 이 조선 땅에 되살아날 수 있게 해주십사 하고 나는 빌었다.

그러고도 한참을 더 무릎을 꿇고 묵상으로 마음을 한데 모은 뒤 천천히 벼루 곁에 놓아둔 세필細筆를 집어 들었다. 그동안 포졸들을 피해 숨어다니면서 항시 몸에 지니고 다녔던 세필, 박해 사실을 일일이 적은 일록日錄을 기록하던 붓이었다.

언젠가 나는 이런 날이 오리라 예상했었다. 그래서 그동안 보고들은 박해의 사실을 일일이 꼼꼼하게 적어뒀다. 그리고 하필이면 종이에 적는 것보다 쉽지 않은 명주에 글월을 올리려는 건 명주 천에 쓴 서찰이 몸에 둘둘 말아 지니기 감쪽같았기 때문이었다.

죄인 토마스 등은 눈물을 흘리며 우리 주교님께 호소합니다. 지난봄 그곳에 갔다가 무사히 돌아온 사람 편에 주교님께서 안녕하시다는 소식을 들었지만, 그 후 날이 가고 달이 바뀌어 이제 한 해가 저물어 가는데 그동안 기체후 만안하신지 안부 여쭙지 못했습니다. 엎드려 생각하건데 주교님께서는 주님의 넓으신 은총으로 영육 간에 건강하시고, 주님의 도우심으로 덕화가 나날이 융성하시기에 우러러 사모하는 마음이 간절하며, 기뻐하여 축하를 드리는 마음을 이기지 못하겠습니다.

　　저희 죄인들은 위로는 죄악이 깊고 무거워 주님의 노여움을 샀으며, 아래로는 재주와 지혜가 얕고 짧아서 다른 사람들을 헤아려줌을 잃었습니다. 이런 까닭으로 박해가 크게 일어나 그 화가 신부에게 미쳤습니다. 죄인들은 이 위기에 처하여서도 스승과 함께 목숨을 버려 주님께 보답하지도 못하였으니 무슨 면목으로 감히 붓을 들어 우러러 호소하겠습니까. 엎드려 생각하건대 성교가 전복될 위험에 처하여 있고, 백성들은 물에 빠져 죽는 고통 속에 있으나, 어지신 아버지를 이미 잃은지라 그 누구를 붙들고 호소할 때가 없으며, 진실한 형제들은 사방으로 흩어져 서로 의지하고, 의논하고 의지할 사람이 없습니다. 오직 주교님께서는 온정 깊은 부모를 겸하셨고, 의리로서는 사목의 무거운 책임을 지셨으니, 반드시 저희를 불쌍히 여기시고 구원해주실 수 있을 것입니다. 이 극도에 달한 고통 속에서 저희는 장차 주교님 외에 다른 누구에게 호소하겠습니까. 이제 박해의 전말을 대략 아뢰고자 하오나 그 일이 빚어진 지가 오래되었고, 그 실마리가 너무 복잡하여 간단하게 말씀드리기가 어려움으로, 이제부터 차근차근 자세히 적어보기로 하겠습니다. 엎드려 바라건대 불쌍히 여기시고 굽어살펴 주시기 바랍니다.(백서1~2행)

천주님의 은혜가 충만해서일까. 서두는 그렇게, 생각보다 훨씬 거침없이, 마치 장단에 맞춰 춤을 추듯 손에서 붓끝이 훨훨 날았다.

토마스는 황심黃沁의 세례명으로, 그를 인사말에 앞세운 건 바로 백서를 전달할 사람이 토마스이기 때문이다. 그전에도 황심은 밀서를 지니고 북경을 왕래해온 터라 북경교구의 신임이 여간 두텁지 않았다.

하지만 황심은 완성된 백서를 내게서 미쳐 받아 가기도 전에 채포된다. 북경에서 돌아오다 의주에서 붙잡힌 또 한 사람의 밀서 전달 예정자 옥천희玉千禧를 심문하는 과정에서 황심의 정체가 드러났고, 잡힌 황심도 나의 은거로 고통받는 신자를 더 이상 보고만 있을 수 없다는 구실을 앞세워 나의 은신처도 일러바친다. 백서를 써서 북경교구에 보내려는 내 모든 계획이 황심의 고변으로 수포로 돌아갔을 뿐 아니라, 나마저 곧 잡히는 몸이 되지 않았던가.

아, 이 또한 하늘의 뜻이었을까? 만일 황심과 옥천희가 붙들리지 않고 백서가 구베아 신부님에게 무사히 전해졌더라면 어떻게 됐을까? 과연 우리가 그토록 바라던 일들이 모두 이뤄질 수 있었을까?

우리가 바라던 대로 대박청래, 서양의 크디 큰 배가 와서 동방의 이 손바닥만 한 왕조를 혼줄 낼 순 있었을까? 아울러 청나라[清朝]의 적극적인 감호책으로 그토록 우리가 목마르게 기다리던 신앙의 자유도 얻을 수는 있었을까?

아니다. 모든 건 물거품이 되고 말았다. 서찰이 전해지기 전에 밀사로 내정된 사람이 잡혀 계획이 들통 났을 뿐 아니라, 결국 나 황사영도 대역죄의 몸이 되어 내일, 날이 밝기 무섭게 사지가 찢겨나가는 형벌로 이슬처럼 사라지게 될 운명이 아닌가. 이 어찌 통탄을 금하지 않을 수 있으랴.

끄웅, 또 헛기침이 나오는 걸 가까스로 참는다. 아, 천주님. 아무리 고통스러운 형벌이 닥쳐도 하느님의 어린 양은 조금도 두렵지 않습니다. 천주님 곁으로 가는 길이 아닌가요. 주님 곁으로 가는 길인데 뭐가 두렵겠습니까!

조선왕조가 저를 대역무도한 역적으로 몰아붙인 백서의 내용은 물론 오해의 소지가 전혀 없는 건 아닙니다. 다시 말씀드리지만, 다소의 오해는 있을 수 있어도 결코 왕조를 뒤엎을 생각으로 '대박청래'나 '감호책을 들먹인 건 맹세컨대 추호도 없었습니다, 천주님.

청컨대 현실에 맞지 않는 것으로 생각하시지 마시고 채용하시기 바랍니다. 지난해 내리신 편지에 수년 후에는 대박을 보시겠다는 분부를 받았습니다만, 이제는 정세가 이미 변하였으므로 아무것도 없이 와서는 성공을 바랄 수는 없습니다. 여기에 조선 사람을 꼼짝 못하게 명령에 복종시킬 수 있는 계획이 있습니다. 그대로 실행하기는 대단히 어렵습니다만, 자세히 말씀드리기를 청합니다.

이 나라의 병력은 본래 잔약하여 모든 나라가 운데 맨 끝인데다 태평세월이 200년을 계속해왔으므로 백성들은 군대가 무엇인지 모릅니다. 위에는 뛰어난 임금이 없고 아래로는 좋은 신하가 없어서, 자칫 불행한 사태가 일어나기만 한다면 흙더미처럼 와르르 무너져버리고 기왓장처럼 부서질 것이 틀림없습니다. 만일 할 수 있다면 군함 수백 척과 정예군 5, 6만 명을 얻어 대포 등 날카로운 무기를 많이 싣고, 글 잘하고 사리에도 밝은 중국 선비 3~4명을 데리고 해안에 이르러 국왕에게 서한을 보내되 '우리는 서양의 전교하는 배입니다. 여자와 재물을 탐내어 온 것이 아니고 교황의 명령을 받고 이 지역의 생령을 구하러 온 것입니다. 귀국에서 한 사람의 선교사를 기꺼이 받아들이신다면 우리는 이상 더 많은 것을 요구할 것도 없고, 절대로 대포 한 방이나 화살 하나도 쏘지 않으며, 티끌 하나 풀 한 포기 건드리지 않을 뿐 아니라, 영원한 우호조약을 체결하고, 북치고 춤추며 떠나갈 것입니다. 그러나 만약 천주의 사신으로 받아들이지 않는다면 반드시 천주의 벌을 집행하고 죽어도 발길을 돌리지 않을 것입니다. 왕께서는 한 사람을 받아들여 천주의 벌을 면하게 하시려는지, 그중 어느 하나를 택하기 바랍니다. 천주성교는 충효에 가장 힘쓰고 있으므로 온 나라가 봉행하면 실로 왕국에 한없는 복이 올 것입니다. 우리에게는 아무런 이익도 돌아오지 않습니다. 왕께서는 부디 의심치 마십시오.'라고 하시기 바랍니다.(백서109~111행)

바로 그처럼 백서의 내용이 외세의 힘을 빌어 우리의 왕조를 겁박했다는 게 아니겠습니까. 오직 하나의 방법을 일러줬을 뿐 추호도 우리 왕조를 뒤엎겠다는 구절이 어디 한 군데 없음에도 저를 역적으로 몰아붙이는 건지, 참으로 안타까운 일이 아닐 수 없습니다, 천주님.

제가 대역무도한 역적으로 몰린 까닭인즉 또 있긴 있습니다. ③내복內服을 빙자하고 청나라의 감호책을 바라는 것도 역시 외세의 힘으로 나라를 요절낼 야심이었다고 본 게 분명합니다.

조선은 ④영고탑寧古塔에서 강 하나를 사이에 두고 서로 떨어져 있어서 인가가 서로 바라다보이고 부르면 서로 들리는데 지역이 사방 3,000리나 됩니다. 동남쪽 지방은 땅이 기름지고, 서북쪽 지방은 장정들과 말들이 날쌔고 굳셉니다. 산이 천 리를 연해 있어서 목재를 이루 다 쓸 수 없고, 바다가 3면을 둘러있어 생선과 소금이 없어지지 않습니다. 경상도에는 인삼이 지천으로 많이 나고, 세주도에는 좋은 말이 그 수를 헤아릴 수가 없습니다. 땅이 기름지고 산물이 많은 좋은 나라이지만, 이 씨李氏가 미약하여 끊어지지 않음이 겨우 실오리 같고, 여군女君이 정치를 하니 세력 있는 신하들이 권세를 부리므로 국정이 문란하여 백성들이 탄식하고 원망합니다. 진실로 이러한 때에 내복內服을 명하시어 옷을 갈아입게 하고, 서로의 왕래를 터 이 나라를 영고탑에 소속시킴으로써, 왕조의 근본이 되는 영토를 넓히고, 안주와 평양 사이에 안무사를 설치하여 친왕親王을 임명하여 그 나라를 감독보호하게 하되 은덕을 후히 베풀어서 인심을 굳게 단결시켜 놓으면, 전국에 변란이 일어나더라도 요동과 심양 동쪽의 지역을 갈라 근거를 삼아 그 험한 산악지대를 방위할 수 있고, 장정들을 모아 훈련 시켰다가 유사시 출동시키면, 이것이 든든한 기초를 만전에 이루도록 하는 것입니다. 또

들으니 그 나라 왕은 나이가 어려 아직 왕비를 맞지 않았다고 합니다. 만약 종실의 딸 하나를 골라 공주라 하여 시집을 보내서 왕비를 삼는 왕은 사위가 되고, 그다음 왕은 외손이 되므로 자연 황조에 충성을 다 할 것이며, 또한 넉넉히 몽고를 견제할 수 있을 것입니다. 이때를 놓치고 계획을 세우지 아니한다면, 하루아침에 다른 사람이 불쑥 일어나 점거하고 그 나라가 안정되고 군사가 강해진다면, 우리에게는 유리하지 아니할 뿐만 아니라, 오히려 재난을 가까이 둔 것이 되지나 않을까 두렵습니다. 때가 왔는데도 실행치 아니하면 나중에 후회하여도 어쩔 도리가 없으니, 원건대 황세에서는 결단을 내리시어 행하시길 바랍니다.(백서104~106행)

과연 그와 같은 내용이, 이 왕조를 위태롭게 했다거나 뒤엎을 만큼 대역무도한 짓이었다고는 아무리 고쳐 생각해도 납득이 안 된다는 겁니다, 천주님.

그렇습니다. 목숨이 끊기는 그 순간까지, 나라에서 저의 목에 씌운 그 죄목만큼은 어떻게도 받아들일 수 없습니다. 어찌 그게 대역죄일 수 있다는 말입니까. 이 손바닥만 한 왕조를 넘어뜨리고, 새로운 나라를 세우려 한 구절이 어디 한 군데 없는데도 왜 저를 그런 죄목으로 다스리겠다는 걸까요, 천주님.

저는 하느님의 은혜를 박해하는 노론벽파, 그들의 손에 놀아나는 왕조에게 겁을 좀 주려 했을 뿐입니다. 왕조가 기겁을 해서 신앙의 자유를 풀게 하려는, 물에 빠졌을 때 지푸라기라도 붙들려는 다급한 심정이 바로 그런 게 아닐까요, 천주님.

174

내자內子의 집안 어른들이 어떤 분들인가

성리학性理學을 등진 내게도 선왕의 갑작스러운 승하는 큰 충격이었다. 진사시에 급제해 선왕의 부름을 받고 대궐에 들어갔을 때 손목을 덥석 잡으시며 이다음 본 과시도 급제해서 짐을 보필하라, 하시던 그 따뜻한 말씀이 새삼 가슴에 일렁인다. 아직도 내 가슴에는 본 과시를 포기한 나를 어떻게든 설득해서 응시하도록 정승들에게 독려했다는 선왕의 따뜻하고 배려 깊은 마음이 숨 쉬고 있다.

뿐이랴. 죽는 그 순간까지 나는 임금님이 잡아주신 그 손목에 비단 천을 두르고 지냈다. 나라님이 저에게 베풀어 준 그 따뜻함과 고마움을 길이길이 간직하고 싶었기 때문이다.

하지만 한번 눈뜬 세상을 포기할 수는 없었다. 한번 따르기로 마음을 굳힌 창조주 하느님의 말씀을 어떻게 저버릴 수 있겠는가. 어느 날 밤, 잠자리에 들기 전 아내가 넌지시 의중을 떠왔을 때도 나는 분명한 어조로 결심을 밝힌 바 있었다.

"정녕, 과거시험은 포기할 심산이신가요?"

"물론이오. 부인은 나보다 천주님 말씀에 대해 더 깊이 헤아리고 있는 거 아니었소?"

"그렇긴 합니다만, 워낙 친지분들께서 과거 응시를 왜 안 하느냐 저렇듯 성화일뿐더러 선왕께서도….”

“아, 아니오. 그토록 총명하신 선왕의 갑작스러운 승하 소식이
마음을 아프게 한 건 틀림이 없소만, 그렇다고 널따란 세상과 천
주님에 대해 눈을 뜬 이상 내 결심에는 추호도 변함이 없을 것이
오. 그 또한 부인 친정에서도 바라는 바가 아니오.”

“그렇긴 합니다만….”

아내는 말을 흐렸지만 걱정스런 마음을 말끔히 씻어내지는 못
했을 법하다. 그만큼 그간의 내 행동에 대한 일가친척의 원성과
비난을, 시집온 지 얼마 안 된 아내로서는 감내하기가 그리 쉽지
않았으리라.

나는 아내를 믿었다. 굳게. 시집 친척들의 반발이 아무리 거센
들 잘 견뎌낼 거라 여겼다. 어떤 뜻에서는 나보다 신앙심이 더 두
터운 내자이지 않은가.

그 집안이 어떤 가문이냐. 장인 되시는 정약현丁若鉉, 그 분이
어떤 어른이신가. 선왕正祖의 총애를 한 몸에 받았던 정약용丁若
鏞 처삼촌의 맏형이며, 천주님의 말씀을 그 누구보다 앞서 받아들
이신 정약종丁若鍾 처삼촌의 바로 손위 형님이이지 않더냐. 신문
물뿐 아니라 천주님의 말씀에 대해서도 일찌감치 눈을 뜬 집안에
서 자란 내자는, 천주님 가까이 가려는 나의 발걸음에 티 내지 않
고 도우려 했던 것을 어찌 내가 모를 까닭이 있을까.

사려 깊었던 내자를 생각하자 포박을 당한 채 끌려갈 노모와

아내, 어린 아들이 다시 눈앞에 어른거린다.

끄응, 나도 모르게 다시금 신음이 터져 나온다. 내일 당장, 날이 밝으면 사지가 찢겨나갈 두려움은 이미 각오한 바이지만, 가솔들의 고통은 어쩌란 말인가. 새삼 가장으로서의 무능이 또다시 뼈아프게 살을 저미어 온다.

천주님! 나는 가만히 천주님을 부르며 가슴에 성호를 긋는다. 치밀어 오르는 울분을 갈아앉히기 위해서인 건 말해 뭐하랴.

주문모 신부님이 교우들에게 교리를 가르치기 위해 만든 명도회明道會의 활동도 부인의 적극적인 내조가 아니었으면 하부조직이랄 육회六會를 집안으로 끌어들이기도 수월하지 않았을 것이다. 그 누구보다 뒤에서 도왔던 사람이 바로 내자이지 않은가. 사려 깊은 내자의 배려가 없었더라면 조상의 신주를 모시던 사우祠宇를 헐어 교리학습장으로 개조하는 것도 불가능했을 터이다.

사우를 헐 때 걱정이 태산 같았던 어머님을 설득한 것도 내자이지 않은가. 어머님, 아범을 어떻게 말려요, 더구나 저희는 모두 천주님을 따르는 어린 양인 걸요, 하고 어머님을 안심시켰던 것도 내자였다. 그런 부인과 두 살배기 아이, 원로 하신 어머니께서 당할 고초를 생각하면 당장이라도 혀를 깨물고 죽고 싶은, 비참한 울분이 어찌 솟지 않으랴.

하지만 어디, 나 혼자만이 당하는 박해인가. 천주님의 양들은 하나 같이 다 겪고 있는 일 아닌가. 우리 죄인들을 대신해서 십자가에 못 박힌 주님의 고통과 어찌 견줄 수 있을까.

아, 천주님. 잠시 잠깐 한눈을 판 이 죄인을 용서하소서. 두 번 다시 사사로움에 연연해서 주님의 말씀, 주님의 은혜를 소홀히 하는 일이 없도록 하겠습니다. 내일 날이 밝아 형장에서 사지가 찢겨갈 때도 이 죄인은 오직 주님만을 바라볼 것입니다. 눈을 똑바로 뜨고 주님만을 연호할 것입니다. 참말입니다, 천주님! 신앙의 자유를 얻기 위한 불가피한 수단 방법이었을 뿐, 결코 나라를 엎자는 의도는 눈곱만치도 없었다는 것을, 분명히 저는 주님 앞에서 맹세할 수 있습니다.

다시 한번 말씀드립니다만 천주님. 저를 대역죄로 본 그 대목, '대박청래'와 '감호책'을 결코 부정하거나 변명하자는 건 아닙니다. 설령 그 대목이 외세의 힘을 빌려 우리 왕조를 뒤엎을 것으로 비칠지는 모르겠습니다만, 그럴만한 세력이 나라 안에 있어야 그것도 가능한 일이 아니겠습니까. 주님의 말씀을 따르는 것 말고 저희에게 그 어떤 세력 집단이 나라 안에 있다는 말입니까, 천주님.

아버님도 서방西方을 알고 있었을까

별안간 눈앞에 웬 낯선 얼굴이 나타난다. 어디선가 본 듯싶은데 전혀 감히 잡히지 않은 분이시다.

"뉘신지요?"

엉거주춤한 자세를 바로 세운 나는 정중하게 물었다.

"그래, 네가 이 아비의 얼굴을 기억할 리 없지. 태어나기도 전에 아비는 이 세상 사람이 아니었으니."

"아버님이시라고요?"

나는 소스라치게 놀란다. 그럴 수밖에 없다. 아무리 그리워해도 아들이 저승에 가기 전에는 결코 만나 뵐 수 없는 분이시기 때문이다. 아버님이 세상을 뜨신 건 아버님의 춘추 불과 29세의 한창 나이였다고, 어머님에게 들은 기억이 퍼뜩 떠올랐다.

그러고 보니 지금의 나는 아버님을 그대로 본뜬 듯하다. 아니다. 영어의 아들과는 비교가 안 될 만치 훨씬 더 의젓하시다. 아, 아버님. 얼른 나는 불편한 몸을 일으켜 세운 뒤 넙죽 엎드려 큰절을 올렸다.

"그냥, 편히 앉았거라. 너의 고생이 말이 아니구나. 아니, 내일이면 처형될 너의 처지를 모르고 하는 말인지 모르겠구나. 고통과 번뇌에 시달릴 너에게 고생이란 말 가지고는 어림 반 푼어치도 없겠지. 미안하다. 아비가 일찌감치 세상을 등진 바람에 가족이 안 해도 될 고생을 하고 있으니…."

아버님은 말을 차마 잇지 못하신다. 소리는 들리지 않지만 들먹거리는 어깨로 보아 울음을 참고 계신 게 분명하다.

아, 아닙니다, 아버님! 나는 엎드린 채 손사래를 치고 싶었다.

"천주님을 섬기기로 한 건 새로운 세상을 바라는 소자의 꿈이요 의지였습니다. 사색 당쟁에 찌든 우리 조선을 밝고 자유로운 나라로 만들고 싶었던 게 잘못이었을까요, 아버님?"

하지만 어떻게 된 영문일까. 나의 외침은 입속에서만 맴돌 뿐 겉으로 뱉어지지 않았다. 답답하기 이를 데 없었다. 계속 무슨 말인가를 하려고 입술을 들먹였지만, 여전히 소리는 안으로, 안으로 스며들었다.

아 아, 아버님, 아버님. 아버님을 연호하다가 번쩍 눈을 뜬다. 캄캄한 밤, 여기저기 크고 작은 신음이 들려오는 것을 깨달은 나는 그제야 옥에 갇혀있다는 것을 실감한다. 그리고 설핏 잠이 든 사이에 아버님을 꿈에서 본 것을 알게 된다.

왜 아버님이 새삼 현몽하신 걸까? 별 특별한 말씀도 없이 잠을 깬 탓인지 보통 아쉬움이 남는 게 아니다. 죽음을 앞두고 있는 이 절박한 상황에서 꿈에 나타난 아버님은 뭔가 아들에게 들려줄 얘기가 있던 건 아닐까. 가령 말이다, 천주님의 말씀을 따르기로 한 게 백번 옳았다든가. 아니면 대대로 내려온 사대부 집안의 계율을 어기고 천주님을 섬기는 건 조상에 대한 불효막심한 짓이라든가….

석錫자 범範자의 아버님은, 조부님께서 아드님이 자손을 두지 못한 채 24살 나이로 요절하시자, 조부님의 사촌 재在자 중中자의 큰 아드님을 양자로 맞이한 분이시다. 아버님은 영조英祖 47년

(1771년) 문과에 급제해서 승문원承文院 정자正字, 한림翰林학사를 지내셨다지 않았던가.

승문원이란 곳이 어떤 덴가. 바로 사대교린事大交隣에 관한 문서를 다루는 관서이다. 중국 같은 큰 나라는 섬기고 왜국倭國, 여진女眞 같은 이웃 나라와는 사귄다는 외교부서이지 않은가.

혹여 아버님도 왜국과 여진, 중국뿐 아니라 저 서방의 널따란 땅에 여러 문명국文明國이 있다는 것도 어렴풋이 눈치챈 건 아닐까?

하지만 우리나라가 어떤 왕조냐. 설령 알았다 해도 성리학이란 것에 갇혀 옴짝달싹 못한 나라가 아닌가. 아버님인들 자칫 성리학에 반한 사고의 폭을 넓히다가 ⑤사문난적斯文亂賊으로 몰린다는 것을 모르지 않았을 터. 어쩌면 아버님께서 알면서도 못 본재, 모르는 척 눈을 감아버렸을지도 모른다.

갑자기 아버님에 대한 친근감이 다가선다. 좀 더 좋은 세상이었더라면 일찌감치 서방의 신문물을 받아들이고 퍼뜨렸을 아버님. 아버님이 일찍 세상을 떠나신 게 새삼 왜 그리 아쉬워지는 것일까. 단명短命이라는 우리 집안의 운명적 내력이 더한층 아쉽고 원망스럽기만 하다. 제명을 다 살지 못하고 20대에 이승을 떠난 게 나까지 벌써 세 사람 째니 말이다.

다시 죽음, 내일 날이 밝기 무섭게 대역죄를 목에 달고 능지처참 되는, 치욕스럽기 그지없는 처형 장면이 바짝, 눈앞에 다가선다. 받아버린 입술이 가늘게 떨린다.

아, 천주님. 절로 신음이 새 나온다. 이미 순교를 각오한 이 마당에 웬 두려움이란 말인가. 순간이나마 마음이 약해진 건 아닐까? 더 이상 흔들리지않게 기도하겠습니다, 천주님. 기원하겠습니다, 천주님. 바라옵건대 마음의 평화를 되찾게 해주십시오, 천주님.

그렇습니다, 천주님. 20대에 요절한 운명적 집안의 내력이 그만 저의 마음을 흔들어 놓은 것 같습니다. 특히 요절한 두 분 어른들께서는 절로 세상을 등진 대신 유독 저만이 대역죄를 안고 죽는다 생각하니, 새삼 조상 어른들 볼 면목이 없다는 죄송함이 그만 저를 흔들어 놓은 게 아닌지 싶습니다. 벼룩도 낯짝이 있다는, 쥐꼬리만 한 양심이 고개를 든 건지도 모르겠습니다.

갑자기 달라진 황심黃沁의 언행

불연, 감은 눈앞에 또 하나의 얼굴이 어른댄다. 황심 토마스. 그가 의연하기를 바랐던 게 지나친 기대였을까.

대질 추국에서 황심이 취한 언행은 얼마나 나를 실망시켰는지 모른다. 실망스럽다 못해 행여 황심이 배교를 한 게 아닌지 의심이 갈 만큼. 어쩌면 자기 하나 살기 위해 이미 천주님의 은총에서 떠나있는 건 아닐까, 분명 나는 추국 때 그렇게 느꼈다. 믿는 도끼에 발등 찍힌 건 아닌가 하고. 심지어 배신감마저 들 정도였으니까.

  ―흉서백서에 이름을 넣은 일, 흉서를 전하기로 약속했다고 사영이 자복하였거늘 감히 부인하느냐?

  그런 추국을 받고도 황심은 고개를 내저었다. 시치미 떼고 천연덕스럽게 말했다.

  "이 몸은 그러한 사실이 없습니다. 있다면 어찌 부인하겠습니까."

  첫 번 대질에서도 황심은 나를 보자

  "왜 나도 모르게 내 이름을 적어 넣었느냐?"

하고 윽박질렀다. 백서 첫머리에 저의 이름을 거명한 것을 두고 한 얘기였다. 나나 네가 다 같이 체포되어 이 꼴인데 무엇을 숨기느냐고 그의 진심을 일깨우려 했지만, 황심은

  "내가 너의 흉서를 보고 불에 태워버리라고 했지, 언제 내 이름을 써넣으라고 하였느냐?"

하고 도리어 큰소리치는 게 아닌가.

  생각 같아서는 주님이 내려다보고 있잖는가, 준엄하게 꾸짖고 싶었다. 하지만 자리가 자리인 만치 끓어오른 감정을 지그시 누르며 일깨우듯 말했다.

  "네가 그믐께 서찰을, 동지사 일행이 북경으로 떠나는 옥천희玉千禧한테 줘서, 북경 구베아 주교님에게 전해준다고 해서 썼지,

그렇지 않고야 무엇 때문에 내가 그런 글을 썼겠느냐."

하지만 황심은 여전히 눈 하나 까닥 안 하고

"내가 언제 그런 약속을 했느냐."

딱 잡아뗐다. 그의 배신을 의심하지 않을 수 없지만, 그렇다고 배교를 단정하기에는 지금까지 그가 해온 활동이 눈에 밟혔다. 필시 무슨 까닭이 있거나 아니면 워낙 추국이 준엄해 일시 몸을 사린 게 아닌가, 이해하려고 나는 무진 애를 태웠다.

황심이 김한빈을 만나기 위해 배론 토굴로 찾아왔을 때 일이 생각났다. 자수한 주문모 신부께서 군문효수형을 당했다는 얘기도 황심에게서 들었다. 그 얘기까지 백서에 새로 써넣었는데, 지금은 저만 살기 위해 몸 사르는 듯 보이니 어떻게 섭섭함을 떨쳐 버리겠는가. 더구나 내가 배론 토굴에 숨어있다는 것도 일부러 포도대장까지 찾아가서 고해 바쳤다지 않은가.

물론 황심의 깊은 마음을 전혀 헤아리지 못한 건 아니다. 많은 교우들이 잡혀가서 내 은신처를 알아내기 위해 당한 고문을 보고만 있을 수 없는 황심이 내가 숨어 지낸 배론 토굴을 알려줄 수도 있었을 법하다. 하지만 다 같은 주님의 아들로 의연하기를 바랐던 나로서는 그의 언행이 어떻게 보아도 당당한 태도로 이해되지 않았다.

한때 황심은 주문모 신부님의 신임이 남다르게 두터운 사람이었다. 신부님의 서찰을 들고 두 번이나 북경교구를 다녀올 만큼.

주문모 신부님의 순교 소식도 배론 토굴까지 찾아와 자상하게 전한 게 누군가. 바로 황심, 바그 그 사람이 아니던가. 갖은 고문에도 끝내 고변하지 않은 다른 교우들과 자꾸만 비교되는 게 얼마나 괴로운지 몰랐다.

어차피 우리는 순교를 각오해야 할 몸들이다. 천주학을 잡아들이는 데 혈안이 된 노론벽파 패당들 앞에서 의연하고 당당한 모습을 보이고 싶은 건 비단 나 황사영의 지나친 기대였을까.

사학邪學이지만 나라가 정학正學이면

이야야, 또 어디선가 어둠을 뚫고 들려오는 신음소리. 내일 날이 밝으면 나와 함께 참수될 신도들이 내뿜는, 그건 차라리 고통의 울부짖음인지 모른다. 그들도 나처럼 모든 걸 운명에 돌리고 순교를 각오하고 있을까?

아니다. 아닐 것이다. 사람의 마음이 어디 숨도 못 쉬는 돌멩이일 수 있겠는가. 나처럼 신앙심이 두텁다고 생각한 사람도 한때 가족의 안위를 걱정하다 잠시 잠깐 천주님을 원망했거늘, 그들이라고 구원의 손길을 뻗어오지 않은 주님을 야속하다 하지 않을 리 만무하다. 어쩌면 지금쯤, 하느님의 말씀을 따랐던 걸 백배 천배 후회하며 속았다, 이빨을 갈고 있을지 누가 알랴.

아니다, 그럴 리 없다. 우리 조선이란 왕조가 어떤 나라냐. 죽을 먹어도 이빨을 쑤셔댈 만치 콧대 높기로 하늘 높은 줄 모르는 양반사회가 아니더냐. 늘 양반들 앞에서 굽실굽실, 잘난 양반들 눈치만 살피며 살아온 그들에게는 천주님의 말씀이 곧 사람으로 다시 태어나는 '보람'이었을 것이다. 양반과 천민이 따로 없고 다 같은 천주님의 자녀로 거듭 태어난 보람을 그리 쉽게 버릴 리 있을까? 어쩌면 나보다 더 하늘을 따르고 주님의 기적을 굳게 믿고 있지 않았을까. 비록 고문당한 육신의 아픔은 어쩔 수 없다 치더라도 결코 주님을 원망하거나 배교 할 교우들이 아니라는 건 누구보다 나는 잘 알고 있다. 그들에게 천주님의 말씀을 가르치고 전해온 나 황사영이 아니던가.

그렇다. 사심 없는 나의 인도로 천주님의 말씀을 따르게 한 교우들을 나는 신분의 높고 낮음을 가르지 않았다. 가까운 일가친척 등 지체 높은 양반들뿐 아니라 양반들 그늘에서 숨도 크게 쉬지 못하는 교우들도 형제자매처럼 같은 인간으로서 귀히 여기고 복음을 전파했다. 나는 믿고 싶었다. 그들 교우들의 깊은 신앙심을!

눈을 감고 돌이켜 보건대 그나마 그때가 보람찬 선교활동 기간이었던 같다. 불인지 물인지 모르고 부나비처럼 뛰어든 신앙생활이었으니. 그만치 새바람 서풍西風, 서학西學은 내게 있어 걷잡을 수 없는 크나큰 감동의 물결이었다. 그 감동은 결국 열여섯에 진사시進士試에 급제하고도, 선왕正祖께서 그토록 바라던 본 과시科試를 포기하게 만들지 않았던가.

그래, 그건 분명 신선한 바람이었다. 거역할 수 없는 충동, 바로 그것이었다.

그러니까 내가 넓디넓은 세상에 눈을 뜨게 된 건 『직방외기職方外紀』란 서책을 통해서였다. 그동안 실상 나는 서방에 만국滿國이 있다는 것을 까마득히 모르고 있었다. 세상에 태어나자 익히기 시작한 건 유교사상儒教思想이었고 성리학이었다. 거기에는 아무리 눈을 까집고 뒤져봐도 그처럼 널따란 세상이 펼쳐져 있다는 건 어디서든 찾아볼 수 없었다.

하지만 직방외기는 달랐다. 답답한 내 가슴을 확 뚫어놓기에 충분했다. 동방東方의 작은 나라에서 우물 안 개구리처럼 살아온 내게 눈을 번쩍 뜨게 해준 그 서책!

그건 다른 책이 아니었다. 온 세상을 일목요연하게 알려준 지리서地理書였다. 이탈리아 출신 예수회 선교사 줄리오 알레니가, 그것도 중국 항주에서 서방어가 아닌 중국어로 쓴 최초의 세계지리서라지 않은가. 세계 5대 주와 42개국의 풍토, 기후, 명승지, 민생까지도 소상히 기록돼있을 뿐 아니라, 콜럼버스라는 사람이 미주대륙美州大陸을 발견한 기사도 말미에 실려 있었다. 그때의 그 충격과 감동은, 내일이면 잘려 나갈 이 머리에 아직도 팔딱팔딱 뛰고 있다면 지나친 말일까.

그때 내 나이 열여덟 살, 진사시에 급제하고 2년 뒤였다. 그 이후로 호기심 많은 소년은 북경에서 흘러들어온 서방 서책이라면 어떻게든 수소문해서 구해 읽었다. 서학西學, 곧 성교聖敎를 좀 더 깊이 접하게 된 것도 그 무렵이었다. 만물의 창조주이신 천주님의 존재가 더욱 크게 느껴온 것도 그때부터인 것은 물론이다. 널따란 세상에 한 번 뜨게 된 내 눈에 동방의 이 손바닥만 한 나라가 왜 그리 좁고 초라하게 느껴졌는지 몰랐다.

⑥양학洋學은 세상을 구하는 좋은 약이라는 생각이 들었다. 아니, 구원의 학문이라 여겼다. 지배 이념으로서의 유교는 바야흐로 이 조선 땅에서 그 위상을 잃어가고 있다고 본 것이다. 망설일 까닭이 없었다. 내 마음은 그 널따란 세상, 널려있다는 서방의 만국으로 한없이 달리고 또 달렸다. 그쪽으로 눈을 돌리는 것이야말로 성리학으로 찌든 이 나라를 구하는 길이라 굳게 믿기에 이르렀다.

한마디로 성리학은 하늘天이 없었다. 아니, 하늘은 있어도 관념적 이치理致에 치중한 나머지 혼魂을 소홀히 한 듯싶었다. 만물의 주재자 천주님의 말씀을 통해 우리 인간에게 물질적 육신뿐 아니라 영혼靈魂이 있다는 것을 알았을 때의 그 경외감敬畏感은 나로 하여금 더 이상 주위의 눈치를 보게 하지 않았다. 성리학에 안주하도록 내버려 두지 않은 것이다.

아, 그때의 충동, 감동을 떠올리면 나는 걷잡을 수 없는 흥분에 들뜨기 마련이다. 비록 내일이면 찢겨나갈 육신이지만, 훈훈한 기운이 온몸에 감돌면서 쿵쾅쿵쾅, 마구 가슴이 요동치는 소리를 들을 수 있다. 그만큼 그때가 그리워지기도 하는구나. 아니다. 부풀어 올랐던 꿈이 물거품으로 사라진 것의 아쉬움과 분노가 다시 나를 괴롭히려 하고 있다.

오, 천주님. 어쩌면 좋습니까. 이 분노를 말입니다. 저를 매국노로 몰아붙인 이 나라의 사색 당쟁을 생각하면 왜 그리 또 치가 떨리는지 모릅니다. 주님의 가르침, '사랑'이라는 게 왜 그처럼 허공을 맴도는 허울로 느껴지는 것일까요. 신심, 주님의 참사랑을 아직도 깨우치지 못하고 있기 때문은 아닐까요, 천주님?

선왕께서도 물론 선뜻 양학을 인정하지는 않으셨습니다. ⑦사학邪學으로 본 게 분명합니다만, 나라가 정학正學하면 뭐가 두렵고 문제인고 하시며 노론벽파 패당처럼 결코 피비린내 나는 핍박은 안 하셨습니다. 그분이 어떤 분이십니까. 나라의 고질적 사색 당쟁을 없애려고 갖은 애를 쓰시던 할아버지[英祖]의 뜻을 이어받은 손자 되시는 분이 아니십니까. 아버지 사도세자思悼世子도 바로 사색 당쟁의 희생양으로 잃으신 선왕이십니다. 맺힌 한을 생각하면 피를 튀기는 보복을 펼칠 법도 하건만, 선왕께서는 어떻게든 할아버지의 초지를 이어가려고 애를 쓰셨습니다. 선왕께서 그처럼 갑자기 돌아가시지만 않았던들 이처럼 저희가 끝 갈데없이 내몰리지는 않았을 것입니다, 결단코.

진리眞理를 크게 어지럽히지 않겠는가?

밤이 얼마나 깊었을까. 옥 안은 여전히 교우들의 신음과 그에 못지않은 기도 소리가 뒤섞여 정막을 이끌어가고 있다. 그렇다. 그 소리가 내 귀에는 고통을 복음으로 이기려는 묘한 음률音律로 들린다. 한번 천주님을 따르기로 마음먹은 이상 배교 하지 않고 순교하려는 의지의 목소리로 승화된 소리, 곧 온갖 박해, 고문에도 불구하고 굳은 신앙심을 버리지 않으려는 의지의 소리가 아니고 뭘까.

순간, 나는 조금 전 내자와 가솔의 안위로 갈등했던 게 낯간지러워진다. 콧대 높은 양반들 등살에 숨도 크게 쉬지 못하던 그들이 아닌가. 제대로 사람대접도 못 받아온 양민, 천민의 신분이지만 신앙심만은 나 같은 사대부 출신보다 훨씬 깊다는 것을 나는 그 누구보다 잘 알고 있다. 죽음을 두려워하지 않고 오직 천주님을 따르려는 기도 소리에 절로 고개가 숙여진다.

정말이다. 비록 나는 사대부 출신이지만 '모든 사람은 하느님의 자녀이므로 형제처럼 지내야 한다'는 천주님의 가르침대로 양천良賤, 반상班常, 남녀男女의 차별을 두지 않고 그들을 오직 하느님의 자녀로 인도하는데 몸을 아끼지 않았다. 그 점에 있어서는 그 누구보다 떳떳하다. 아니, 보람을 느끼고 있다.

눈에 선히 떠오르는 얼굴들, 이름까지 줄줄이 입에 달라붙는다. 붓장이 남송로, 갓장이 장덕유, 짚신장수 제관득, 목수 황태복과 삿갓장이 신춘득 등 이른바 천민이던 그들을 하느님의 아들로 인도했을 때의 보람이 새삼 가슴을 훈훈하게 적셔온다.

그들도 지금쯤 나처럼 박해로 몰려 생사의 갈림길을 방황하고 있을 게 불을 보듯 뻔하다. 박해의 고통을 감내하기 힘들어, 혹여 천주님을 따랐던 걸 후회하고 있는 건 아닐까? 아니다. 그들의 신앙심은 어쩌면 나보다 깊으면 깊었지 결코 못 하지 않을 터. 오, 주님. 그들의 고통을 굽어 살피시고 지켜주시옵소서.

하지만 갑자기 마음 한구석이 허전해 온 건 왜일까? 양반과 천민, 한양과 지방을 가리지 않고 뛰어다니며 천주님의 말씀을 전하고 선교했지만, 딱 한 사람 주님의 아들로 끌어들이지 못한 얼굴 하나가 불연, 옥에 갇힌 나를 내려다보며 비웃고 있는 것 같다. 가뜩이나 불편한 옥 안이 왜 이리 답답한 것일까.

그 이름도 뚜렷하게 기억난다. 이복운李復運, 상주 향리 가문 출신으로 열여덟 살에 이미 ⑧제자백가諸子百家의 서책을 두루 섭렵했을 뿐 아니라, 진사시에도 급제한 수재로 소문난 사람이 아니던가.

망설이지 않고 상주로 달려갔던 일이 생각난다. 그리고 그를 설득하지 못하고 발길을 돌렸을 때의 씁쓸하고 착잡한 심정도 오롯이 떠오른다. 그의 얼굴이 갑자기 다가와서 옥에 갇힌 나를 내려다보며 이제야 알겠소, 내 생각이 옳았다는 걸 말이오, 하고 가뜩이나 불편한 자리를 바늘 망석으로 만들어놓는다.

우리는 같은 젊은이였다. 내가 찾아간 까닭을 길게 늘어놓지 않아도 통할 수 있는 나이들이 아닌가. 눈빛만 보아도 상대를 꽤 뚫어볼 그런 시기였으니까.

나는 그를 만나자 거두절미, 다짜고짜 준비해간 서책을 내놓았다. 젊은 피가 흐르고 있다면 누구나 혹할만한, 열일곱 가지나 되는 서학 서책이었다. 영문을 모르고 의아해하는 그를 똑바로 쳐다보며 나는 목소리를 높였다.

"이 서책으로 말할 것 같으면 서방으로부터 온 새로운 학문이올시다. 널따란 세상으로부터 온, 우리 같은 젊은이들에겐 거역할 수 없는 새바람이올시다!"

"⋯."

"이를 집안에서 행하면 집안이 화목할 수 있고, 나라에서 행하면 나라를 교화할 수 있소이다."

진심이었다. 그와 더불어 나는 천주님의 말씀을 통한 사회개혁, 나라를 근본적으로 바꿔보고 싶은 마음이 그만큼 컸었다.

하지만 내 진심 어린 열의에도 불구하고 눈 하나 까닥하지 않은 이복운. 그의 의연한 눈빛이 지금도 내 눈에 선하다. 처음은 어리둥절한 듯했지만, 어느새 사태를 파악했는지 이복운은 냉랭해진 얼굴로 내 제안을 보기 좋게 물리치지 않았던가.

"이치에 가깝지 않은 건 아니나 진리를 크게 어지럽히지 않겠는가?"

진리를 크게 어지럽힌다? 당시 나는 그의 냉랭한 눈빛에서 확고한 신념, 움직일 수 없는 유학의 그림자를 보았다. 더 물고 늘어진다는 건 오히려 그의 반감만 살 뿐임을 깨달은 나는 두말없이 물러났던 일이 마치 어제 일처럼 떠오른다. 나의 짧은 생애 중 가장 치욕적인 실패를 맛본 순간이랄까.

왜 하필 이 마당에 그 생각을 하게 된 걸까? 내일 아침이면 이슬처럼 이 세상에서 사라질 내게 왜 이복운의 그 당당한 얼굴이 떠올랐을까? 그리고 자신에 넘친 그 얼굴이 밉지 않고 외려 오랜 우정을 나눠온 지기 지우知己之友처럼 가까이 느껴지는 건 무엇 때문일까?

그렇다. 나는 결코 그가 밉지 않았다. 비록 천주님의 말씀을 따르지 않고 자기 갈 길을 가버린 사람이지만, 그 고집이 그만큼 부러웠는지 모른다. 아니다. 그건 고집이라기보다 의지라고 해야 옳지 않을까. 의지를 굽히지 않고 자기 갈 길을 간다는 게 얼마나 젊은이다운 기개氣槪인가 말이다.

나도 마찬가지일까? 이 엄청난 수난과 고통을 겁내지 않고 감내하며 내가 갈 길, 천주님의 말씀을 기꺼이 따르는 게 신앙인으로서의 꿋꿋한 의지요, 당당한 기개일 수 있을까.

아, 천주님. 비록 천주님의 아들이 되기를 거부한 이복운을 미워하지 않은 저를 용서하소서. 같은 젊은이로서 어찌 그 젊은이다움을 외면할 수 있겠습니까. 주관이 다르다고 미워한다면 적을 만드는 일이요, 적을 만들게 되면 반드시 벌어지기 마련인 게 싸움질이 아니겠습니까.

이복운 같은 사람이 천주님을 따랐다면 어디 저희의 교세뿐이었겠습니까. 주심의 말씀을 통해 서방 문명을 좀 더 적극적으로 받아들이고, 성리학으로 찌든 우리 왕조가 개혁의 물꼬를 트는데 일조를 아끼지 않았을 것이라고 저는 지금도 굳게 믿고 싶습니다, 천주님.

숨 가쁜 도피로 배론 옹기점까지

어디선가 또 신음이 들려온다. 옥 안에 갇힌 천주님의 아들딸들, 형제자매들의 신음인 게 분명하다. 새벽이 가까운데도 졸리기커녕 더 또렷해진 정신머리가 아직도 그치지 않은 상념을 잇게 하고 있다. 사지가 찢겨나가기 전 그만큼 할 얘기가 많기 때문은 아닐까.

그렇다. 나는 할 말이 많다. 죽임을 당하는 게 억울해서가 아니다. 이제 새삼 억울해할 것까지 있을까. 왕조는 정당한 판단보다 그들 노론벽파 패당들이 작심한 대로 흘러 갈 뿐이지 않은가. 우리의 신앙심을 오직 줏대 없는 왕조를 전복하려는 책동으로 뒤집어씌우려 한 그들의 음모는 계속될 게 불을 보듯 뻔하다.

분한 건 말 나위 없지만, 그보다 손바닥만 한 이 땅에 천주님의

194

복음을 전할 길이 영영 막혀버리는 게 무엇보다 걱정이다. 무슨 수로 그들 패당의 횡포와 박해를 막을 수 있을까 보냐.

내게 대한 체포령이 내리자 우선 몸부터 숨기고 보자는 것도 그랬다. 후일을 도모하고자 함이었다. 비록 박해로 숨 막히게 쫓기는 몸이지만, 누군가는 천주님의 말씀을 전하는 일을 계속해야 한다는 절박함이 아니었던가. 신도들의 도움을 얻어 무사히 제천 배론舟論에 몸을 숨긴 것도 뒷날을 기하자는 마음에서인 건 말하나 마나이지 않은가.

다시 말하건대 진짜 숨 막히는 피신 길이었다. ⑨국청鞫廳이 설치되고 줄줄이 끌려간 교우들이 혹독한 고문에도 불구하고 내 은신처를 선뜻 토설하지 않은 연유가 무엇일까. 누구인가 남아서 뒷날 천주님 말씀의 재건을 도모해야 한다는 절실함 때문이 아니었을까. 그만큼 교우들은 후일 도모를 위한 나의 피신에 필사적인 조력을 아끼지 않았다.

체포령이 내린 나는 일단 저녁 무렵, 김완숙의 도움으로 계동 ⑩용호영龍虎營 안에 있는 김연이의 집으로 숨어들었다. 거기는 나뿐이 아니었다. 중인中人 출신으로 신앙이 두터운 이합규 김계환도 김완숙의 인도에 따라 숨어있었다.

하지만 그곳도 안심할 수 있는 은신처는 아니었다. 의금부義禁府 수색의 손길이 집요하게 뻗혀 왔기 때문이다. 나는 이 씨의 호패를 차고 이 서방으로 변성명 행세했지만, 수색망을 좁혀오는 포교들의 추적에 쫓겨 삼청동 산속으로 도망가 하루를 거기서 보내게 된다. 날이 저물자 산에서 내려온 나는 두 사람과 헤어져 신도들의 안내로 석정동石井洞 지금의 서울 중구 소공동 권상술의 집으로, 다시 동대문 안 노량정동 송재기의 집으로 옮겨 숨기를 거듭하다 끝내 더 이상 한양에 머물 수 없음을 깨닫고, 김의호의 제안에 따라 상복으로 변복, 공주 포수 김한빈을 동반하고 한양을 떠나기로 결심한다.

여주, 원주를 거쳐 배론의 팔송정八松亭 도점촌陶店村의 김귀동 집에 이르게 된 건 한양을 떠난 지 스무날쯤 지난 뒤였을까. 고달픈 여정이었지만, 내 머리는 한시도 이대로 피신만 하고 있을 수 없다는 생각을 떨쳐내지 못했다.

교우 마을이기도 한 그곳은 숨어 지내기 안성맞춤의 장소였다. 치악산 동남 편에 우뚝 솟은 구학산과 백운산의 연봉이 둘러싸인 험준한 산악지대인지라, 외부와는 완전히 단절된 곳인데다 옹기점이지 않은가. 거기에 또 굴을 파고 토굴에 숨어 지내니 가까운 마을에 사는 교우들마저 내가 그곳에 숨어있는 것조차 잘 알지 못했다.

토굴은 집주인 김귀동과 김한빈이 팠다. 토굴의 통로도 옹기점에서 만든 옹기로 덮어버렸으니 이 얼마나 감쪽같은가.

나는 거의 그 토굴에서 날밤을 새웠다. 불빛 하나 새 나가지 않은 컴컴한 토굴은 입구만이 겨우 한 사람이 엎드려 들어갈 정도의 좁은 공간이었다. 하지만 조금 안으로 들면 제법 넓은 공간이 만들어져 두세 사람과 만나 얘기하고, 기도하고 불빛을 밝혀 글을 쓸 수도 있었다. 김세동 김세봉 형제를 앉혀놓고 열띤 천주님을 강론한 것도, 몇 날 몇 밤을 새워 백서를 쓴 것도 바로 그 컴컴한 토굴이 아니었던가.

몸은 비록 감쪽같이 숨어 지내지만, 늘 귀는 열려있었다. 밖에서 일어나고 있는 박해상황을 그런대로 소상히 들었다. 같이 지내고 있는 김한빈이 수시로 바깥에서 벌어지고 있는 일들을 실어 날랐기 때문이다.

들려오는 얘기마다 가슴을 후벼 파는 소식 뿐이었다. 그중에도 특히 마음을 아프게 한 소식은 주문모 신부님에 관한 게 아니었을까. 신부님께서는 당신으로 인해 많은 교우가 겪고 있는 고문 등의 고초를 더 이상 보고 있을 수만 없으셨는지 자수를 하고 만 것이란다.

맑은 하늘에 날벼락 같은 소식은 자수한 주문모 신부님께서 ⑪군문효수軍門梟首됐다는 것. 자수한 신부님을 참형한 것도 모자라 참수한 머리를 군문에 매달다니, 이 어찌 천인공노한 일이 아니겠는가.

하늘이 무너진 것 같았다. 그분은 우리의 유일무이한 구도자요 구세주였다. 이 나라의 모든 신도가 그분에 의해 세례를 받아 주님의 아들딸로 거듭 태어나지 않았던가. 하느님의 대리인이신 신부님이 안 계시면 성교에 입문하는 교우들의 세례성사를 받을 수 없다는 게 무엇보다 큰 문제였다.

나 역시 마찬가지였다. 신부님이 입국하자 최인길의 집에서 알렉시오라는 세례명으로 하느님의 아들이 되었다. 그분을 존경하는 마음도 각별하여 그의 제자가 되기를 바랐으며 잠시도 그분의 곁을 떠나고 싶지 않았지만, 동분서분하시는 신부님의 목회활동으로 1년에 겨우 한 번 정도밖에 만나 뵙지 못했으니 이 얼마나 아쉬운 일인가.

그렇습니다, 천주님. 제가 백서를 쓰게 된 것도 신부님의 군문효수가 그만큼 큰 충격을 안겨 준 때문이었습니다. 아니, 큰 문제로 받아들였기 때문입니다. 이러다가는 이 손바닥만 한 조선 땅에 하느님의 말씀이 씨가 말리는 게 아닐까 하는 위기감이 큰 파도처럼 저를 덮쳐왔습니다. 뭔가 저질러야 한다, 무슨 일인들 벌여야 한다, 어떻게 해서 일군 주님의 말씀인데 뒷짐 지고 구경만 할 수 있었겠습니까, 천주님.

하지만 제가 토굴에서 포졸들에게 잡히는 몸이 됨으로써 모든 게 물거품이 된 지금, 토굴에서 어떻게든 백서를 지키려는 저의 안간힘이 눈앞에 어른대고 있습니다. 결국 몸 깊숙이 칭칭 감은 백서가 포졸들에게 발각되지 않았다면 어떻게 되었을까요? 계획한 바처럼 북경 구베아 주교님께 전해질 수는 있었을까요?

물론 그들 노론벽파 패당들의 손에 백서가 들어감에 따라 저를 비롯한 교우들을 괴롭히는 일이 더 극심해졌을 뿐 아니라, 저와 모든 교우의 꿈이 무너져버리고 말았습니다, 천주님.

제가 잡혔던 일이 새삼 떠오릅니다. 토굴에서 포교들에게 붙잡힌 순간의 저 황사영 알렉시오의 모습이 말입니다.

그렇습니다, 천주님. 저는 그 순간, 조금도 당황해하거나 분해하지 않고 포교들의 포박에 순순히 응했습니다. 왜일까요? 겉으론 의연, 침착하기 위한 것이지만 무엇보다 몸속 깊숙이 감춰둔 백서를 지키기 위함이었습니다.

그렇습니다, 천주님. 결코 운명이라던가, 체념 때문은 아니었습니다. 그렇듯 어렵게 쓴 백서만은 지키고 싶었습니다. 무슨 수를 써서라도 백서만큼은 구베아 주교님의 손에 닿아야 한다는 절실함 때문이었습니다. 피비린내가 진동한 박해가 멈춰지고 동방의 이 작은 땅에 하느님의 말씀이 다시 꽃피우기 위해서는 저의 몸 깊숙이 칭칭 감아둔 백서가 포졸들의 눈에 띄어서는 안 된다는 일념뿐이었습니다.

그렇습니다, 천주님. 포졸들이 토굴에 들이닥칠 때 저는 무릎을 꿇고 기도를 드렸습니다. 묵상하고 있었습니다. 침착함, 의연함을 통해 품속 깊숙이 감춰둔 백서를 들키지 말아야 한다고 생각했기 때문입니다.

포졸들은 처음 옹기점에 들이닥쳐 금방 저를 찾아내지 못했습니다. 옹기점에서 같이 지낸 김한빈과 김귀동이 체포되고 제가 숨어있는 곳을 대라고 족쳐댔지만, 어디 그들이 제가 숨어있는 데를 선뜻 토설할 사람들입니까. 결국 제가 숨어있는 토굴은, 옹기로 덮어둔 토굴 위를 걷던 포졸들이 둔탁한 소리와 함께 발이 푹푹 빠지는 현상을 예사로 여기지 않고 뒤지는 바람에 들통이 났고, 기도 중인 저도 그들의 손에 잡히는 몸이 되고 말았습니다.

그때 조금도 당황해하지 않고 포졸의 오랏줄을 순순히 받아들일 수 있었던 건 뭐겠습니까. 바로 평화로워진 마음 때문이 아니었을까요. 하지만 천주님. 끝내 백서는 그들의 손에 들어갔고 모든 꿈은 깨어졌고, 저는 대역무도한 죄를 지고 이슬처럼 사라지게 되었습니다, 천주님.

한낱 방법만 알렸을 뿐인데

생각건대 백서의 내용 중 특히 '대박청원' '감호책' 등이 크나큰 파문을 일으키리라는 것을 전혀 예상하지 못한 건 아닙니다. 제가 왜 그것을 외면할 리 있겠습니까. 서양의 군함과 군대, 무기 따위를 빌려 신앙의 자유를 얻고자 하는 저의 제안이, 그 실현 가능성은 차치하고라도 정당성에 대한 의구심과 우려, 파장이 적지 않으리라는 건 어느 만치 예상했던 일이었습니다.

하지만 천주님. 왜, 그런 말이 있지 않습니까. 구더기가 무서워 장 못 담글까 하는 속담 말입니다. 위기감에 쫓기는 저로서는 그만큼 마음의 여유가 없었습니다. 노론벽파 패당들의 박해로 주님의 복음과 은혜가 풍전등화에 놓여있는 마당에 무엇을 망설이고 자시고 할 수 있었겠습니까.

어떤 사람은 이와같이 행동한다면 그 실행이 쉽고 어렵고를 논하지 않고서 성교聖敎의 모양表揚에 합당하지 않을까 두려워합니다. 저는 그렇지 않다고 말씀드릴 수 있습니다. …만일 우리의 교우들이 북을 치고 함성을 지르면서 난을 일으킨다면, 실로 모양을 무너뜨리는 것입니다. 서양은 곧 천주교의 근본이 되는 땅으로 2000년 이래 모든 나라에 전교하여 귀화하지 않은 곳이 없습니다. 그런데 홀로 이 조그마한 동쪽 땅은 다만 순종하지 않을 뿐만 아니라 도리어 굳게 막고는 천주교를 해치고 신부神司를 살육했습니다. 이는 동양 200년 이래 없었던 일입니다. 군대를 일으켜 죄를 묻는 것이 어찌 옳지 않겠습니까. …이는 명성과 위세를 크게 펼쳐 전교를 받아들이게 하는 데에 지나지 않을 뿐입니다. 인민은 해로운 바가 없고 재물을 빼앗기는 바가 없으므로 또한 인의仁義의 극치이고, 뛰어난 모양일 것입니다. 어찌 모양이 아름답지 못할까를 근심해야 할 것입니까. 다만 힘이 미치지 못할까 두려워할 뿐입니다.(백서115~117행)

그렇습니다, 천주님. 다소 오해의 소지가 없는 건 아닙니다만, 그렇다고 국기國基를 흔들거나 왕조를 전복顚覆할 의도가 없다는 건 분명하지 않습니까. 다만 신앙의 자유를 위한 불가피한 선택일 뿐인데 패당들은 어떠했습니까. 주님을 따르는 우리 신도들을 모두 왕조를 뒤엎는 죄인으로 몰아가지 않았습니까.

이제 다 지나간 일입니다. 하지만 저는 추호도 제가 한 일, 백서를 통해 서양의 큰 배가 오기를 바라고 대박청래, 청나라의 적극적인 도움을 요청한 감호책에 대해 후회하고 있지 않습니다. 비록 소기의 목적을 달성하지는 못했을망정, 그렇게라도 해서 하느님의 말씀을 따르려 한 저의 용기를 가상하게 여기고 싶었습니다, 천주님.

백서는 세 가지 부분으로 나눠 썼습니다. 물론 지금은 황심 토마스의 이름으로 쓴 것을 다소 후회하고 있습니다만, 당시에는 그쪽 북경 구베아 주교와의 친분을 고려해 토마스의 이름을 써먹지 않을 수 없었습니다.

조선교회의 사정에 대한 보고서이자 도움을 청하는 간절한 소망을 담은 서찰은 서론으로 구베아 주교에 대한 인사를 곁들여 서찰을 올리는 까닭과 조선교회 교우들이 바라는 바를 간략하게 적었습니다.

본론에서는 좀 더 구체적으로 조선교회가 처한 상황, 박해로 인해 고통받는 전후 사정을 소상히 기록했습니다.

본론도 두 가지 부분으로 나눠 적었습니다. 박해의 진행 상황과 아울러 주문모 신부님의 순교를 비롯해서 그간 벌어진 교우들의 순교행적을 그런대로 소상히 밝혔습니다. 그 내용은 한양을 탈출하기 전에 직접 보고 들은 사실이며, 그 이후의 내용들은 김한빈과 잡히기 전의 황심에게서 전해 들은 것들이었습니다. 그 기록은 한마디로 우리나라 천주교의 순교전기殉教傳記, 수난기受難記라고 감히 말씀드릴 수 있습니다, 천주님.

특히 주문모 신부님의 순교에 대해 자상하게 기록한 건 구베아 주교님이 조선에 파견한 신부님의 죽음을 통해 조선교회의 관심은 말할 것도 없고, 조선교회 재건과 신앙의 자유를 이뤄주기를 기대하기 때문이라고 볼 수 있습니다, 천주님.

마지막으로 천주님. 저는 갖은 박해에도 불구하고 살아남은 신자들의 삶과 궁핍하기 이를 데 없는 현실을 호소하지 않을 수 없었습니다. 행상을 하거나 고향을 떠나 산간 등지로 떠도는 어려움으로 하느님의 말씀, 가르침을 따를 수 없는 형편을 밝히고 다시 한번 경제적인 도움을 요청하며, 역시 황심 토마스多黙 명의로 백서를 끝맺었습니다.

동녘의 눈부신 햇살이 옥 안 가득히

꼬끼오~, 어디선가 수탉의 홰치는 소리가 들려온다. 머지않아 새벽 동이 터올 모양인가. 어쩌면 그건 내게 죽음을 알리는 신호일지 모른다. 멀쩡한 사지가 찢기는 능지처참凌遲處斬….

갑자기 몸서리가 쳐진다. 어느새 손목에 소름이 돋아있다. 죽음이라는 것, 그렇게 썩 내키는 건 아닌 것 같다. 두려움 때문일까?

아, 아니다. 이미 주사위는 던져진 것, 결코 되돌릴 수 없는 죽음이 아닌가. 새삼 무엇을 두려워하랴. 기침이 나오려는 것을 헛기침으로 지그시 짓누르고 눈을 감는다. 그리고 성호를 그으며 주님! 가만히, 그러나 힘주어 부른다.

그렇습니다, 천주님. 이제 제가 무엇을 더 바라겠습니까. 조용히 죽음을 받아들이는 거 말고 말입니다. 원망, 분노 같은 것 깡그리 털어버리고 기꺼이 주님 곁으로 가면 되는 일이 아니겠습니까.

하지만 천주님. 왜 그러는 걸까요? 무섭고 두려운 게 없는데 뭐가 그리 아쉬운 걸까요? 꼭 이대로 물러앉아야 하나 싶으니 말입니다. 무슨 미련이 남아 그런 건지는 저도 잘 모르겠습니다. 진심으로 바라옵건대, 제발 저의 육신이 편안하게 주님 곁으로 갈 수 있도록 안도해주십시오. 제가 무엇을 더 바라겠습니까, 천주님.

'아들아~' 어디선가 들려오는 천주님의 목소리. '두려워 말라, 아들아. 내 기꺼이 네 영혼을 거두어 가노니, 평화로운 마음으로 구원의 길로 들라!' 사방에서 울림으로 퍼지는 주님의 목소리에 무겁디무거운 몸과 마음은 이상하게 홀가분해진다.

경건한 마음으로 무릎을 꿇는다. 그리고 성경 말씀을 조용히 읊조린다. '(알렙) 주님. 당신께 제 영혼을 들어 올립니다, 저의 하느님. (베트) 당신께 의지하니 제가 수치를 당하지 않게 하소서. 제 원수들이 저를 두고 기뻐 날뛰지 못하게 하소서.(시편 25절)'

…제 원수들, 퍼뜩 노론벽파 패당들이 눈앞에 어른댄다. 시뻘

건 눈발을 세우고 우리 천주님의 말씀을 깡그리 지우려던 박해로 얼마나 많은 신도가 쫓기고 죽었는가. 정약종 최필공 홍교만 홍낙민 이승훈 등 사대부 신도들을 비롯해서 주문모 신부마저 그들 패당의 손에 잡혀 참수를 당하지 않았던가. 어찌 그들을 원수라고 하지 않을 수 있을까 보냐.

그렇습니다, 천주님. 그들 패당들은 누가 뭐라 해도 저뿐 아니라 우리 모든 교우들에게는 철천지원수나 다름이 없습니다. 아니, 그들은 주님의 어린 양들을 마구 고문하고 죽였습니다. 어찌 감히 원수라고 하지 않을 수 있겠습니까. 어찌 그들 패당들의 죄를 가벼이 여기고 지나칠 수 있겠습니까. 반드시 응당한 죗값을 치르게 해야 되지 않을까요, 천주님?

'아들아!' 주님의 목소리가 또다시 귀에 울려퍼진다. '…너희를 박해하는 자들을 위하여 기도하여라.'(마태복음 5장 44~45) 바로 '원수를 사랑하라'는 주님의 깊은 뜻이 담겨진 말씀이 아닐까.

이어 또 주님의 목소리가 고막에 울려퍼진다. '악인에게 맞서지 마라. 오히려 누가 네 오른뺨을 치거든 다른 뺨마저 돌려대어라.'(마태복음 5장 39절) '눈은 눈으로, 이는 이로'(5장 38)의 폭력성을 경계하는 주님의 말씀인 게 분명하다.

아, 네, 천주님. 부지불식간 주님의 말씀을 그만 깜박 잊었습니다. 그렇겠습니다. 마음을 비우고 주님의 말씀을 따르겠습니다. 두 번 다시 사사롭고 속된 감정에 연연해하지 않고 분함과 미움 같은 것, 마음에서 깔끔히 내몰겠습니다. 참말입니다, 의연하고 당당하도록 들뜬 감정을 갈앉히겠습니다, 천주님.

옥 밖의 어둠이 서서히 걷혀지고 있는 것 같다. 오늘도 변함없이 동녘에서 해가 떠오를 것이다. 조금 있으면 이 옥 안에도 밝은 햇살이 스며들지 않을까. 찬란한 햇살이, 눈부신 햇살이.

나 알렉시오는 갑자기 외치고 싶어진다. 내가 왜 역적인가, 내가 왜 죽어야 하느냐, 고. 비록 육신은 찢겨나가지민 눈 지켜뜬 이 영혼만은 절대 죽지 않을뿐더러 역적이 아닌 보통 사람으로 기꺼이 천주님 곁으로 가리라고.

눈부신 햇살이 어느새 옥 안에 쫙 퍼져 들고 있었다.

〈색인용어〉

①능지처사陵遲處死—능지처참凌遲處斬과 같은 뜻. 모반·대역죄·패륜을 저지른 죄인 등에 가해지는 형벌로 수레에 팔다리와 목을 매달아 찢어 죽이는 거열형車裂刑, 시신에 거열형을 가하는 육시戮屍 등이 있다. ②추국推鞫—국청鞫廳의 하나로 필요에 따라 친국親鞫 정국庭鞫으로 나뉜다. '국청'이란 조선시대 왕명으로 모반·대역 및 그 밖의 국가적 중죄인을 신문 재판하기 위해 임시 설치한 특별재판기관 또는 재판정으로 정국추국 삼성추국三省推鞫이 있다. ③내복內服—천자가 직할하는 사방 천리의 지역. 服이란 천자의일에 복무한다는 의미로써 천리의 王畿 이내의 지역이기 때문에 그렇게 지칭한다. 곧 淸國과 한집안임을 뜻하는 말. ④영고탑寧古塔—청나라의 발상지로 현재 중국 흑룡강성黑龍江省 목단강시牧丹江市 연안현성延安縣城의 청나라 때 지명. ⑤사문난적斯文亂賊—성리학에서 교리를 어지럽히고 사상에 어긋나는 언행을 하는 사람을 이르는 말. ⑥양학洋學—서양의 학문. 여기서는 서학西學 곧 천주교를 일컫는다. ⑦사학邪學—조선시대 주자학(성리학)에 반대되거나 위배되는 학문을 이르는 말. ⑧제자백가諸子百家—춘추전국시대의 여러 학파. 孔子 管子 老子 孟子 莊子 墨者 列子 韓非子 尹文子 孫子 吳子 鬼谷子 등의 儒家 道家 墨家 法家 名家 縱橫家 陰陽家 등을 통틀어 이른다. ⑨용호영龍虎營—조선후기 궁궐을 경비하고 임금의 경호를 맡아보는 친위군영親衛軍營.

〈참고문헌〉『한국천주교회사2』(한국교회사 연구소)『황사영의 신앙과 영성』(한국천주교회 사복시성추진심포지엄 자료집)『黃嗣永의 生涯와 죽음에 대한 使料再照明』(김태수-충남대 국사학과 교수.)『黃嗣永 帛書』(原文 音價 譯解-황사영 7대 孫 黃世煥 씨 제공)

초월의 공간에서 들려오는 다듬이소리의 울림

―한보영 소설집『다듬이소리』

김성달(소설가)

1.

　소설『다듬이소리』는 2019년 첫 소설집에서 욕망의 다양한 현장과 그 너머의 진실을 집요하게 파고들어 우리들에게 깊은 인상을 남긴 한보영 작가의 두 번째 소설집이다. 그사이 장편소설『그 여배우 이야기』를 출간하기도 하여 그, 창작열에 경탄을 금할 수 없는 그는 이번 소설집에서 삶과 죽음에서 벗어나지 못하는 인간 원형의 탐구를 깔끔하게 보여주고 있다.

　「다듬이소리」의 다듬이와 화자 가족들, 「그림자의 배신」에 나오는 주인공의 그림자, 「깨어있는 밤」 사내와 소녀, 「마리의 아베 마리아」의 기섭, 「빗나간 헤로이즘」의 최갑돌, 「아버지와 아들 사이」의 부자父子, 「잔염殘炎 해변에서」 주인공과 청년, 「컴온 까미」 할애비와 강아지, 그리고 중편 「내가 왜 역적인가」 황사영 등, 여러 영역에서 표출되는 죽음과 삶 그리고 노년의 근본적이고 복잡한 정황을 세월의 시계추에 얹어 종의 여운과도 같은 은은하게 들려주고 있다. 세상을 오랫동안 보아온 관조적인 시선으로 삶의 여러 대목을 조망하면서 노년기의 작가에게만 느낄 수 있는 독특하고 원숙한 분위기의 이야기를 절제되고 간결한 문장으로 보여준다. 그 결과, 구구한 전지적 설명 없이도 인물의 깊이 있는 형상화를 통해 감동의 바닥으로 독자들을 이끈다.

소설 『다듬이소리』는 서술의 초점이 인물들의 심정적 상황에 맞추어져 있고, 그들 내면의 고통스러움을 드러내는 사소설 유형 같지만 1인칭 소설로만 읽을 수 없는 다양한 서술의 모습을 유지하고 있다. 그런 소설적 상황이 공감과 감응력으로 독자들의 감성을 흔들고 있다. 작가는 애써 극적인 사건이나 반전을 즐겨 시도하지 않고, 인물들의 사소하고 단편적인 표정 및 몸짓과 간결하면서도 정곡을 찌르는 주변 상황의 정연하고 차분한 분위기를 통해 현실의 구체적인 삶과 죽음의 무게를 자연스럽게 발현하고 있다.

우리가 『다듬이소리』에서 눈여겨보아야 할 것은 어떤 과학이론이나 지식을 넘어서는 죽음이라는 생명 현상에 대한 작가의 수준 높은 성찰이다. 소설의 인물들은 가장 고통스럽고 비우호적인 환경 조건 가운데서도 생존에 깊은 애착을 보여주는데, 그것은 이 혼탁한 세상 속에서 따뜻한 시각으로 생명의 외경스러움을 존중하는 작가의 태도 때문이기도 하다. 이런 작가의 태도 때문에 우리는 인간이 본질적으로 얼마나 순수하고 얼마나 소중하고 값진 것인가를 명료하게 각인할 수 있다.

작가는 소설에서 인간의 생명 또는 죽음이라는 명제가 어떻게 대척점으로 마주 보고 있으며, 또 어떻게 조화를 이룰 수 있는가를 현상적으로 보여준다. 또한 굴곡진 인생에서의 한없는 분노를 청량하게 녹여낼 수 있는 현장을 지루한 어투의 훈계가 아니라, 고통스러운 삶을 대가로 체득한 용서로 승화되는 형상을 서술하고 있다. 죽음에 대하 내면적 품격을 갖춘 순수하고 자연스러운 진실의 축적을 통해 아득하게 먼 듯 보이는 우리들의 삶과 죽음 사이가 실상은 「그림자의 배신」에 나오는 나와 나의 그림자처럼 불현듯 지척으로 좁혀짐을 느끼게 만드는 것 또한 이 소설이 가진 큰 덕목이다.

2.

표제작이기도 한 「다듬이소리」는 작가의 자전적 요소를 바탕으로 생동감 있는 인물들의 이야기를 통해 만들어졌다는 점에서 특별하다. 밤마다 죽은 여자가 부르는 환청을 듣고 달려 나가는 삼촌, 무당의 말에 무작정 고향을 떠나 삶의 터전을 옮기는 아버지, 다듬이소리 때문에 시름시름 앓아누운 큰누나, 이유 없이 하혈하는 아내 같은 주변 인물들이 상황에 따라 변해가는 것을 목도하면서 불안감에 시달리는 화자의 일반적인 상황을 넘어서는 극한의 굴레를 체험하는 내면을 첨예하게 보여준다. 이런 상황은 화자로 하여금 생득적 숙명에 관해서는 숨거나 회피하거나 체념하지 않고 정면으로 강단 있게 마주 서게 만든다. 이 대립은 초자연적인 존재에 대한 질문으로 나아가며, 실존의 무게로 소설의 긴장과 구조를 지탱해주면서 다음과 같은 결말로 연결된다.

"그래, 나도 어느덧 80대 중반이지만 잘 살아온 셈이지. 무탈했다고는 볼 수 없지만 그럴 때마다 귀신의 도움이 컸던 것도 사실이야. 우리가 살아가는 데 귀신의 도움이 필요할 때가 있긴 있더라고, 맹종할 것까지야 없지만."

"근에 왜 그랬죠? 큰누나가 우리 결혼을 반대하자 궁합 같은 것, 말짱 헛거라며 펄펄 뛴 거…?"

"귀신의 영력을 믿는 내가 어떻게 그럴 수 있느냐. 그거요?"

"그런 의문도 없지 않고…"

"귀신은 귀신이고 궁합은 궁합이라고 생각했지. 문제는 사람의 의지야. 세상사, 모든 게 100%가 아니야. 그때그때 현명한 적응으로 위기를 모면하도록 노력하는 수밖에. 당신을 놓칠 수 없는데 궁합이네 뭐네 지고 들어갈 순 없었지. 그래서 우리, 우리 이렇게 별 탈 없이 아직도 숨 쉬고 있는 거 아닐까."

"그러니까 세상사, 뭐든 이기고 봐야 한다, 뭐 그런 말 같네요!"

"역시 당신은 현처야 다른 건 몰라도 당신을 놓치지 않은 것만은 백번 잘한 것 같아, 허허."

모처럼 내 입에서 너털웃음이 새나왔다.

언뜻, 어린 시절 지리산 산골짝에서 살았을 때 들은 그 청아한 다듬이소리가 귀에 선연히 울려 퍼졌다. (「다듬이소리」 중에서)

「그림자의 배신」은 '주인님은 죽는다'는 말을 뱉어내는 자신의 그림자와 겪는 갈등을 그린 작품으로, 화자의 죽음을 말한 것은 다름 아닌 박수무당의 그림자이다. 어느 날부터 헛것이 보이기 시작한 화자의 심리를 평면적인 그림자와 입체적인 사람으로 병렬시켜 행동 및 사건 전개에 호소력을 동반하고 있다. 이와 같은 설정은 삶과 죽음의 결코 가볍지 않은 인생 과제를 종합적으로 투시하려는 작가의 원숙한 시선에서 기인한다.

나란 인간의 운명이란 것도 매한가지이다. 죽었다 깨나도 거역할 수 없는 게 있다. 죽음이다. 죽음에 관한 한 그 운명의 쇠사슬에서 결코 자유로울 수 없다. 하물며 그림자랴, 피할 수 없는 나의 죽음과 빛없는 그림자의 처지가 운명적 동기 관계로 느껴진 건 무엇 때문일까. (「그림자의 배신」 중에서)

이 작품뿐만 아니라 소설집에서 빈번하게 등장하는 귀신, 무속, 박수무당 같은 것이 일견 개별적인 삽화에 불과한 듯이 보이지만 이런 것들이 화자 의식세계의 내면 풍경을 확대시켜 우리 사회 혹은 삶의 속성을 대변하면서, 소설의 흐름에 빈틈없는 관계성을 부여하는 역할을 하고 있다.

「깨어있는 밤」은 지하철 안에서 만난 소매치기 소녀를 가족으로 거두려는 사내의 이야기이다. 사내의 간청에 못 이겨 그의 집에 들어와 살던 소녀가 어느 날 집을 나가 돌아오지 않고, 사내는 밤마다 뜬 눈으로 그녀를 기다리다가 성당 고해성사실로 달려가 답답한 심정을 신부님에게 털어놓는다. 하지만 소녀는 쉽사리 돌아오지 않고, 화자는 자꾸 잠 속으로 끌려들어 간다.

아, 신부님. 제발 제 눈꺼풀에 달린 이 무거운 추를 좀 떼어줄 수 없을까요? 지금은 잠들고 싶지 않아요, 신부님. 신부님 말씀대로 소녀가 틀림없이 돌아온다면 당연히 저는 깨어있어야 하지 않을까요, 신부님! (「깨어있는 밤」 중에서)

고아인 사내가 역시 고아 출신인 소녀를 기다리며 깨어있으려는 애타는 모습은 인간에 대한 고귀한 사랑의 실천을 추구하려는 이상주의자나 낭만적인 휴머니스트로 읽힐 수도 있다. 어려운 환경에도 불구하고 인간애와 인간중심주의의 아름다움과 존엄성에 대한 깊은 신뢰를 포기하지 않는 사내는 열린 상징으로 우리에게 다가온다. 우리들의 삶이 그 본래의 다가성을 상실하면서 유실된, 인간애를 되찾기 위한 사명 같은 것을 느끼게 해주는 작품이다.

「마리의 아베 마리아」는 사랑해서 결혼을 약속한 기섭이 '나무인간 중후군'이라는 병에 걸려 이별을 통보하자 마리는 그 시간이 견딜 수 없이 힘들다. 마리는 '기섭은 해괴망측한 병에 걸린 걸 알자 거역할 수 없는 절망과 맞닥뜨렸을 게 분명하다. 그리고 죽고 싶었던 건 물론, 키에르케고르가 레기네와 약혼을 파기하듯 입술을 깨물고' 자신과 결별을 결심했을 것이라는 생각에 더욱 고통스럽다. 마리는 절망에 빠진 기섭의 눈물과 고통을 왜 진작 눈치채지 못했는지 후회하며 들어간 술집에서 구노의 '아베 마리아'를 듣는 순간 자기도 모르게 성모송을 중얼대고 기섭이 보고 싶어 술집에서 뛰쳐나온다.

아 동정녀 마리아님. 기섭의 곁을 떠날 수 없는 이 못난 죄인을 불쌍히 여기시고, 제발 성모님의 지혜를 주시옵소서. 그 깊고 거역할 수 없는 지혜와 용기를!
그때 조금 전 지하 스탠드바에서 들었던 성모송의 멜로디가 마리의 귀에 은은히 울려 퍼졌다. 마리는 부지불식간에 털썩 그 자리에서 무릎을 꿇었다. 그리고 조용히 읊조렸다. 오, 아베 마리아!
(「마리의 아베 마리아」 중에서)

종교적인 성찰을 통한 자기희생의 사랑과 존재론적 고독의 문제를 천착하고 있는 작품으로 전지적 설명 없이 인물 형상화를 통한 인간 본성에 대한 통찰력이 돋보인다. 인간에 대한 신뢰와 그 존엄성을 증거하는 유다른 체험의 공간으로도 읽힌다.

「빗나간 혜로이즘」은 1980년 '서울의 봄'을 배경으로 한 소설이다. 돌주먹 복싱선수 최갑돌이 중요한 타이틀전을 앞두고 노조 간부 애인을 만나느라 연습을 게을리하고, 시위 현장을 들락거린다. 이런 그의 모습에 김 코치는 최갑돌이 그 본연의 심성을 팽개치고 왜 그처럼 변해버린 걸까, 도무지 그 의문을 풀 수 없다. 사귀는 여자의 영향이 그토록 크게 작용했다는 말인가? 하는 의문이 꼬리에 꼬리를 물며 진작 손을 쓰지 못한 것을 후회한다. 민주화 투쟁을 위한 전국적인 대규모 시위가 벌어지면서 아예 체육관에 나타나지 않은 최갑돌을 찾아 시위대를 쫓아간 김 코치는 그를 발견하고 냅다 고함을 지른다.

"인마, 기회는 두 번 다시 안 온다 그 말이야. 도장 파는 기술에 네 인생 전부를 걸 수 있어? 남들이 갖지 않은 한 방 주먹은 뭐에 씨먹을 건데? 너와 사귀는 그 노조 간부 애인도 얘기하면 충분히 알아들을 거야. 그 여자를 만나게 해줘. 무릎이라도 꿇고 사정해볼게. 내 말 알아들었냐? 시간이 없어! 야 인마, 최갑돌!"
고래고래 소리를 지르는 사이 최갑돌의 낯짝은 어디론가 증발해버렸다. 어리둥절한 김 코치의 귀에 최갑돌의 시무룩한 목소리가 들려온 듯했다.
"너무 늦었어요, 김 코치님." (「빗나간 헤로이즘」 중에서)

등 뒤에 달려오는 기차처럼 경각의 위험과 팍팍한 밑바닥 삶의 어려움을 주먹 한 방으로 해소하려는 간절함과, 그 어려움 속에서도 꺼지지 않는 연애는 삶의 끝을 막아서는 벽을 뚫는 불씨로 작용해 앞으로 앞으로 나아가는 응전의 힘이 되고 결국 큰 불길로 발화되는 것을 암시하는 작품이다. '서울의 봄'이 누구에게는 이렇게도 적용되었구나 하는 현장을 피부로 생생하게 느낄 수 있는 입체적인 작품이다.

「아버지와 아들 사이」는 아버지의 임종을 지키지 못한 아버지가 아들에게 결단코 자신의 임종을 보이지 않으려는 의지와, 부끄러움으로 연결되는 핏줄의 영역에 점차 무너지는 복잡한 노년의 반응으로 나타나는 심리를 심층적으로 서술하고 있다.

한데 사람의 마음이란 참 간사하기 이를 데 없다. 하루에 골백 번도 더 갈등이 요동치니 말이다. 하물며 언제 숨이 끊길 줄 모를 시점에서랴. 죽어도 아들에게는 아비의 그 회한을 대물리고 싶지 않다, 단호히 도리질하면서도 어느샌가 내 마음은 서울의 아들에게 가 있기 일쑤다. 아들에게 아비의 죽음에 별다른 의미를 부여 말라, 아비의 운명을 자연의 현상으로 받아들여라, 아들이 나타나기만 하면 해줄 말들을 혼자서 중얼중얼, 마음을 태우고 있지 않은가. 참 알다가도 모를 아비의 심사인 게 분명하다. (「아버지와 아들 사이」 중에서)

핏줄이라는 인과의 연을 벗어날 수 없다는 것을 자각하는 노년 삶의 정서와, 아버지와 아들 '사이'를 통해 삶은 육체성이면서도 영혼의 교감을 개방하는 정신이라는 것을 상징적으로 보여준다. 아버지와 아들을 통해 죽음이 하나의 종착역으로 끝나는 것이 아니라 새로운 차원의 의미를 지속시키고 있으며, 삶과 죽음의 구분을 무화시키는 초월적인 공간을 통해 오히려 삶의 지평을 넓히고 있는 작품이다. 부성父性은 시대의 흐름과 더불어 퇴색하는 감정이 아니라 오히려 점차 아름다움으로 변해가는 것을 보여준다. 잠재의식 속에서 아들을 그리워하면서도 이성과 부성 사이에서 균형을 유지하는 아버지의 모습을 통해 부성의 강인함이 지고의 가치에 잇대어져 있음을 확인하게 된다.

「잔염殘炎 해변에서」는 직장에서 정년퇴직한 남자는 아내와 함께 결혼 전 여름휴가를 보냈던 경포대해수욕장을 찾아온다. 저녁에 먼저 잠든 아내를 호텔에 두고 밖으로 나와 바닷가를 거닐던 남자는 이성을 성적 상대로만 접근하는 게 고민인 청년을 만나 이야기를 나누면서 자신이 동정을 잃은 시절을 회상한다. 남자는 사랑에 관한 이런저런 이야기를 주고받던 청년이 행복하냐고 묻자 선뜻 대답을 못 하고 '부정도 긍정도 아닌 애매한 감정이지만, 그렇다고 그래, 하고 대답하기엔 지나온 삶이 너무 공허할 것 같다.' 그래서 그런지 한 치의 후회도 없는 직장생활과 가정생활이었다는 그 자부심이 어느샌가 꼬리를 감추어 버리는 것을 새삼 느낀다.

나는 더 할 말이 없다. 입을 다문 채 곰곰이 생각해 보니 젊은이의 말에 일리가 있다. 세상을 오래 산 사람일수록 그런 것 같다. 쉬운 길을 두고 어려운 길을 가려 드는 게.

하지만 나는 어려운 길보다 쉬운 길을 선호한 편이었다. 골 때리는 창의적 업무보다 주어진 일에 충실하고 매진한다. 그 바람에 뭇 사원의 모범이 됐을 뿐 아니라 직원으로선 최고의 지위까지 올라 정년퇴직한 게 아닌가.

아내와의 관계도 그렇다 아기자기한 사랑의 세레나데를 주고받는 추억은 별로 만들지 못했다. 하지만 한 번도 얼굴을 붉힐 만치 불편한 사이를 느껴본 적 없이 부부애를 지켜오고 있다. 행복이 별건가 싶도록. 젊은이 말대로 단순하게 살아온 덕일 게 틀림없다.

(「잔염(殘炎) 해변에서」 중에서)

이 작품에서 남자가 청년과 대화를 하면서 흠칫흠칫하는 장면이 자주 나오는데 그 반응은 그가 삶의 진실에 공감하고 있기 때문이다. 작가는 남자의 과거와 현재를 사실적으로 서술하면서 지나온 시간은 삶의 영역에서 차단되는 것이 아니라 바로 삶 속에 흡수되고 용해된다는 현실을 직시하면서, 그 현실에 얽매여 살아온 자신의 인생을 되돌아보게 된다.

「컴온 까미」는 혼자서 아이를 키우는 딸애와 함께 사는 할애비와 그들이 키우는 까미라는 개 사이의 갈등을 그린 소설이다. 까미와 소통하려는 절실한 의식을 통해 화자는 삶의 교감을 말하고 있다. 상징적인 몇 개의 장면 제시를 통하여 할애비와 개의 관점이 동화되는 지점을 확인시키고, 둘의 사이를 그동안 누려온 일상의 시공을 초극하고 상승하는 관계로 변화시킨다. 굳이 어떤 논리로 설명하지 않더라도 우리가 알고 있는 삶의 가시적 한계 그 너머의 동반자와 묶인 정신적 감응의 현장을 리얼하게 표현하고 있다.

> "컴온 까미!"
> 노기로 잔뜩 서려 있으리라 여긴 내 목소리는 뜻밖에도 부드럽다. 까미가 달려와 안기기를 바란 듯 양손을 활짝 펼치기까지 한 할아비는 숨 가쁘게 외치기를 그치지 않는다.
> "컴온 까미! 어서 내게 안기란 말이야, 까미." (「컴온 까미」 중에서)

할애비의 '어서 내게 안기라'는 외침은 살아오면서 이미 망각하거나 심연 저쪽에 묻혀 있는 사소하고 경미한 잘못까지 겸허하게 회고하는 뉘우침으로 다가오면서 까닭 모를 서글픔을 느끼게 만든다. 이 서글픔과 겸허한 뉘우침이 허약한 노인의 신경증이 아니라 생애가 걸린 신념의 무게와 보편적인 인간에게 주어지는 깊은 깨우침을 형상화하는 것이기도 하기에 이 작품의 여운은 길고도 깊다.

중편 「내가 왜 역적인가」는 황사용이라는 역사적 실존 인물을 그린 작품으로 화자의 내면 의식을 추적하는 작가는 삶의 도의와 종교라는 교차점, 그 두 개체의 마음이 하나로 체득되면서 발현하는 이해와 용서의 미학을 그리고 있다. 집요하게 응축되어 있는 한 인간이 남겨놓은 치열한 발걸음을 묘사한 이 작품은 애절한 감동으로 다가온다. 작품에서 작가가 끈질기게 붙들고 있는 것은 황사용의 목을 옥죄어 오는 죽음과 의미가 확대된 삶을 촉발시킬 수 있는 초월적인 순간이다. 죽음이라는 제의적 과정을 통해 삶과 죽음을 한 범주 안에서 합일하는 초월 공간이다. 이 공간은 현실감각이 결여된 종교적인 것이 아니라, 내세를 확인하는 종교에의 헌신이다.

　　그렇습니다, 천주님. 이제 제가 무엇을 더 바라겠습니까. 조용히 죽음을 받아들이는 거 말고 말입니다. 원망, 분노 같은 것 깡그리 털어버리고 기꺼이 주님 곁으로 가면 되는 일이 아니겠습니까. 하지만 천주님 왜 그러는 걸까요? 무섭고 두려운 게 없는데 뭐가 그리 아쉬운 걸까요. 꼭 이대로 물러앉아야 하나 싶으니 말입니다. 무슨 미련이 남아 그런 건지는 저도 잘 모르겠습니다. 진심으로 바라옵건대, 제발 저의 육신이 편안하게 주님 곁으로 갈 수 있도록 인도해주십시오. 제가 무엇을 더 바라겠습니까, 천주님.
　　'아들아~' 어디선가 들려주는 천주님의 목소리 '두려워 말라, 아들아. 내 기꺼이 네 영혼을 거두어 가노니, 평화로운 마음으로 구원의 길로 들라.' 사방에서 울림으로 퍼지는 주님의 목소리에 무겁디무거운 몸과 마음은 이상하게 홀가분해진다. (「내가 왜 역적인가」 중에서)

결코 역적이 아니라는 외침과 절실한 기도로 응축된 한 인간의 내면이 남겨놓은 치열한 족적을 더 치열하게 따라가고 있는 이 작품 속의 죽음도 꺾지 못하는 견고한 황사영의 성채를 누가 무너뜨릴 수 있을까? 죽음은 그것을 두려워하는 자들에게만 두려움의 위력을 가질 뿐이다. 삶과 죽음을 같은 존재 양식으로 보아내는 장엄한 종교의 외경스러움을 생생하게 증언하는 작품이다.

3.

위에서 살펴본 것처럼 한보영 작가의 소설은 이성적이면서도 본능적이며, 일상적인 삶의 양태를 넘어서는 인간 존재의 형태를 하나의 알레고리로 나타내고 있다. 그래서 삶이나 사랑이나 일상을 상투적인 측면에서 머물지 않고 삶의 진리를 들추어내는 데까지 나아가고 있다. 그것은 작가가 살아온 만만찮은 세월의 분량으로서가 아니라, 그 질로써 삶을 가늠하는 양태적 의미 공간의 존재를 보여주기 때문이다. 그 공간에서는 화자와 상대방의 관점이 동화됨으로 그들 간의 내면 의식이 동일성을 가지면서, 그러한 과정이 소설 형상의 성과로 이어지고 있다. 이때 화자의 관점이 상대방에서 투영되면서 나타나는 휴머니티의 감동과 설득력이 한껏 고양된다. 한보영 작가의 소설에서 인물의 행동이나 사상이 입체적인 면모의 과정을 보이거나 도도한 시대의 흐름을 증언하는 모습을 직접적으로 찾아내기는 어렵다. 하지만 작가는 사랑과 진실 같은 것도 순간적인 감정의 정직성에서 발현되는 것이지, 발 빠른 이성이나 값싼 윤리성에 입각한 것이 아니라는 것을 소설을 통해 역설하고 있다.

한보영 작가의 소설은 단선적인 묘사로 일관되게 서사를 이끌어가고, 인물과 구성, 표현의 절제된 결속력으로 이야기를 단숨에 꿰어버리는 견고한 힘으로 나타난다. 그것은 평범한 삶의 현장을 각별하게 분별하는 그 안목이 인간 존재의 의미망으로 연계하는 한보영 작가 특유의 시각 때문이리라.

한보영 작가의 두 번째 소설 『다듬이소리』는 인생에서 죽음과 삶은 환치된다는 것을 보여주고 있다. 인물들은 죽음 역시 삶의 한 모습으로 인식하고 있으며, 죽음은 그 무게가 그동안 살아온 삶의 부피와 더불어 자리매김하는 것이지, 단순하게 그 순간에 처한 절체절명 상황만으로 만 보지 않는다. 그것은 소설의 인물들이 용서와 이해, 혈연의 교감, 의식의 교환 같은 것을 통한 순환의 보응을 몸으로 체득하고 있기 때문이다.

몸이 체득한 순환의 보응은 삶과 죽음의 경계를 무화시키고 실질적인 세상살이에 삶의 뿌리를 내리면서도 찬란한 구원의 초월 공간으로 나아간다. 그 초월 공간은 적잖은 세월을 살아온 한보영 작가만이 보아내는 세계로 육신의 구속을 떠나 정신적 승화와 초월의 세계로 나아가는 현장이자, 자신의 삶 전체를 돌아보게 만드는 삶과 죽음에 대한 관조의 세계이기도 하며, '다듬이소리'가 낭랑하게 울려 퍼지는 그리움이 세계이기도 하다.

◆◆◆ 책을 내면서

첫 소설집을 낸 뒤 여기저기 문학지에 발표한 작품이 어느새 십여 편이 넘었다. 한데 묶을까 말까 망설이다 결국 묶는 것으로 마음을 정했다. 문득, 어떤 계기가 필요한 것 같았다. 변화의 전기 轉機 같은 거 말이다.

첫 소설집은 물불 안 가리고 쓴 데뷔 초 작품들이다. 말하자면 열정 하나만으로 쓴 소설들이랄까.
이번 두 번째로 묶은 소설들은 한발 물러나 나를 되돌아보고 쓴 것들이다. 작품세계가 그만큼 확대됐다는 건 아니다. 다루는 소재에서 어떤 변화를 추구하려고 노력했다는 점이다.

늦깎이로 시작한 소설 쓰기다. 한창 물오를 때는 뭐 하다 뒤늦게 이 무슨 고생이냐고 타박하는 지인들이 적지 않다. 팔자지 뭐, 내 대답은 늘 그랬다. 그래, 운명일시 분명하다. 니체의 운명애 amor fati를 들먹이지 않아도 이왕 내친걸음, 그 운명을 순순히 받아들이기로 마음먹었다.

작년 한 해 건강 문제로 엄청난 곤욕을 치렀다. 가뜩이나 요추腰椎 협착증으로 불편한 허리가 불의의 낙상落傷 사고까지 겹쳤다. 병원을 들락거리기 수개월 만에 거동의 불편은 다소 해소됐지만, 전처럼 거리를 활보할 수 없다는 아쉬움이 우울하게 만들 때가 많다.

그나마 글쓰기를 놓치지 않은 게 천만다행이다. 글쓰기라도 없었던들 심한 통증과 거동의 불편을 과연 견딜 수 있었을까 의심스럽다.

산다는 게 뭘까? 가끔 머리를 괴롭히는 질문이다. 그럴 때마다 감히 나는 내게 타이른다. 뭔가 꿈틀대는 거라고. 글쓰기도 꿈틀대는 것 중의 하나가 아닐까.

소설집을 출간함에 도움을 주신, 바로 표지그림을 선뜻 보내준 旦兒 김병종 화백에게 지면을 통해 그 고마움을 전한다. 아울러 소설집을 내는데 애써준 도서출판 '도화'의 박지연 대표에게도 고마운 마음을 전한다.

　가슴은 계속 뛰고 있다….

　　　　　2023년 6월

　　　　　　송추 寓居에서　無一堂　한 보 영